Kulak Aşık Olurmuş Gözden Evvel

Hayat Yayınları: 354
Aile ve Çocuk Eğitimi Dizisi: 32

Kitabın Adı
Kulak Âşık Olurmuş Gözden Evvel

Kitabın Yazarı
Sema Maraşlı

Editör
Selim Çoraklı

ISBN: 978-605-5365-05-9
Sertifika No: 12451

Baskı Yeri & Tarihi : İstanbul, 2013
Kapak Tasarım : Esranur Bozdemir
İç Tasarım : M. Aslıhan Özçelik
Baskı & Cilt : Alioğlu Matbaacılık
Orta Mahallesi Fatin Rüştü Sokak
No: 1-3/A Bayrampaşa / İSTANBUL
Tel: (0212) 612 95 59 Fax: (0212) 613 09 83
Sertifika No: 11946

Hayat Yayın Grubu

Nişancı Mahallesi Davutağa Caddesi No: 26/1
34050 Eyüp - İstanbul
Tel: 0212 613 11 00 GSM: 0530 290 99 78 Faks: 0212 613 11 55
www.hayatyayingrubu.com - hayat@hayatyayinlari.com
twitter.com/hayatyayingrubu - facebook.com/hayatyayingrubu

Kulak Âşık Olurmuş Gözden Evvel

sema maraşlı

Hayat

SEMA MARAŞLI

Kahramanmaraş'ta doğdu. İşletme ve Davranış Bilimleri okudu. İlk kitabı "Bana Bir Masal Anlat" 2001 yılında yayınlandı. Hikâye kitaplarıyla 2002 yılında ödül aldı. www.cocukaile.net sitesinde evlilik üzerine yazılar yazmaktadır. Üç çocuk annesi olan yazar İstanbul'da yaşamaktadır.

Çocuk Kitapları:

- *Mırmır Balığı*
- *Pırpır ile Hırhır*
- *Bana Bir Masal Anlat*
- *Geçmiş Olsun Çoban Yıldızı*
- *En Güzel Hediye*
- *Mektuptaki Sır*
- *Okulda Tuzak*

Evlilik ve Aile Kitapları:

- *Eşim Aşkım Olsun*
- *Eşimin Eşi Yok*
- *Eşimle Tanışmayı Unutmuşuz*
- *Kulak Âşık Olurmuş Gözden Evvel*
- *Muhabbet Olsun*
- *Sevmek Bu Kadar Güzelken*
- *Gelin Kaynana İlişkilerini Tatlıya Bağlayalım*

www.semamarasli.com
www.cocukaile.net

İÇİNDEKİLER

İLK SÖZ

Odamın penceresinden karşıdaki sitenin bahçesi görünüyor. Kenar duvarları sarmaşıklarla örtülü, yerleri kış günü bile çimle kaplı, içinde ağaçlarıyla bol yeşili olan çok güzel bir bahçe...

Evde olduğum zaman, vaktimin çoğu bahçeye bakan pencerenin önünde bilgisayarımın başında yazı yazmakla geçiyor. Yazma aralarında başımı kaldırdığımda yeşili görmek beni mutlu ediyor.

Bu yazıyı da pencerenin önünde bahçeye bakarak yazıyorum.

Güneş parlaklığıyla ağaçların üzerinde baharı müjdelerken, tatlı bir meltem de ağaçları sallayıp duruyor.

Bugün şöyle düşündüm.

Bu güzel bahçenin içindeki sitede oturanlar bahçenin güzelliğinin farkındalar mı? Bu bahçe onları da mutlu ediyor mu? İçerden bakınca karşıdan göründüğü kadar güzel görünüyor mu?

Ben oturduğum sitenin bahçesini görmüyorum. İnsan çoğu zaman kendi içinde bulunduğu güzelliklerin farkında olmuyor. Güzellikler ve çirkinlikler karşıdan bakınca daha iyi görünüyor çoğu zaman.

Ayna olmadan kendi yüzümüzü göremediğimiz gibi, davranışlarımıza da bazen birilerinin ayna olması gerekiyor. Kadın erkek ilişkileri üzerine yazılarımı topladığım bu kitap da belki bir ayna görevi görür.

Bu bir hikaye kitabı değil ama atalarımızın güzel bir deyişinden esinlenerek kitaba seçtiğim ismi bir hikaye ile anlatmak daha kolay geldi bana.

"Söylemişler Gelenler Bizden Evvel,
Kulak Âşık Olurmuş Gözden Evvel."

Dilinizden, kulağınızdan, yüreğinizden sevgi hiç eksik olmasın.

Her şeyin bir ilmi vardır.
Sevmenin de.
Bu kitabın sevgi deryasından
gelen bir damla olarak
yüreklere akması dileğimle...

Sema Maraşlı

Kulak Aşık Olurmuş Gözden Evvel

Ceyda, çevik hareketlerle kalan yemekleri buzdolabına yerleştiren Dila Hanım'a bakıyordu. Yaşına göre ne kadar enerjik, diye düşündü. Kırışmış yüzüne rağmen, yanakları pembeliğini kaybetmemiş güler yüzlü bu kadını seviyordu. Dila Hanım kocası Ömer'in babaannesi olduğundan Ceyda da ona babaanne diyordu. O akşam babaanne onları yemeğe davet etmişti. Yemek bitmiş birlikte mutfağı toparlıyorlardı.

Mutfakta baş başa kalmışken Ceyda'nın ona sormak istedikleri vardı. Ömer'le henüz bir aylık evliydiler ama şimdiden kavgaya başlamışlardı. Aşk onları mutlu etmeye yetmiyordu, bunu anlamıştı. Elli yıllık evliliğini aşkla götürmeyi başarmış bu kadına hayrandı ve ondan öğrenecek çok şeyi olduğunu düşünüyordu.

-Babaanne, büyükbaba ile olan aşkınıza imrenerek bakıyorum. Söylesene bir aşkı bu kadar uzun süre canlı tutmanın sırrı nedir? Hadi ne olur bu çaylak geline azıcık öğüt ver.

Dila Hanım elindeki tencereyi bıraktı, gülümseyerek ona baktı.

-Şimdiki gençlerin öğüde ihtiyaçları yok kızım, her şeyi biliyorlar. Söylerim şimdi, ya ben bunları biliyordum dersin ya da işine gelmez, yanlış anlarsın.

-Babaanne gençlerin her zaman büyüklerin tecrübesine ihtiyacı var. Ne olur bana azıcık öğüt ver. Aşkla evlenen arkadaşlarımın çoğu kısa zamanda birbirlerinden usandılar. Kimi boşandı kimi de aynı evde iki yabancı olarak yaşıyorlar. Bizim de anlaşmazlıklarımız başladı. Ömer'i çok seviyorum. Bu sevgiyi kaybetmek istemiyorum. Siz bunu başarmış biri olarak bana yardım etmelisiniz.

Dila Hanım bir süre sustu, sonra şiir gibi konuştu:

-*Söylemişler gelenler, bizden evvel,*
Kulak aşık olurmuş, gözden evvel.

-Ne güzel bir söz, aşkı ne güzel tarif ediyor, bayıldım bu söze, dedi Ceyda. Benim zaten aşk deyince aklıma gelen sevdiğinle saatlerce konuşup gülüşmek.

-Konuşup gülüşmek güzel de bununla bitmiyor her şey. Aşk kulakta başladığı gibi kulakta da biter, bunu unutma. Kulaktan giren her söz önce kalbe dokunur. Kalbi ya sarar ya sarsar.

-Şair gibi kadınsın babaanne. Normal günlük konuşmalarımız da kalbe dokunuyor diyorsun?

-Tabi en sıradan konuşmalar bile. Bu yüzden bir kadın bir erkekle nasıl konuşulur bilmek zorunda.

-Bir erkek de bir kadınla nasıl konuşulur bilmek zorunda değil mi?

-Hemen savunmaya geçtin. Siz gençler hep karşıdakinin ne yapması gerektiği ile ilgileniyorsunuz. Bunu öğrenmenin sana bir faydası yok ki. Sen kendi yapman gerekeni öğren yeter.

-Özür dilerim babaanne. Bir kadın bir erkekle nasıl konuşmalı? Arada fark var diyorsun?

-Hem de dağlar kadar fark var. Bir kadınla konuştuğun gibi bir erkekle konuşursan erkeği kaybedersin.

Kaybedersin sözü Ceyda'yı sarstı.

-O zaman acilen bu konuyu öğrenmem lazım.

-Bütün erkekler kahraman olmak isterler. Erkek için güç ve iktidar önemlidir. Hiçbir zaman erkekle güç yarışına girme. Konuşurken de onu yaralayıcı, kendini önemsiz hissettirecek şekilde konuşma ve asla eleştirme.

-Ama eleştirmezsem yanlışlarını nasıl görür ki?

-Bir kadını eleştirirsen savunmaya geçer. Bir erkeği eleştirirsen senden uzaklaşır. Bir erkeğin eleştirisini kabul edeceği tek kadın annesidir.

-Tamam eleştiri yok. Başka neye dikkat etmem gerekiyor?

-Suçlama da yok. Erkekler suçlandıkları zaman kendilerini yetersiz hissederler. Romantik değilsin, beni düşünmüyorsun, niye böyle davranıyorsun. Suçlanmak ve hesap sorulması. Bir erkeğin en sevmediği iki şey.

-Tamam babaanne başka ne var önemli olan?

-Emrederek konuşma. Erkekler bundan nefret eder. Ona sürekli yapacaklarını hatırlatma.

Bir de sözlerinin altındaki mesajlara dikkat et. Sen ne diyorsun kocan ne anlıyor? Önemli olan onun ne anladığı.

-Nasıl yani?

-Söyle bakalım, akşam eve geç kaldı ve haber vermedi. Gelince ne dersin?

-Nerde kaldın, niye haber vermedin canım, diye sorarım.

-Böyle diyerek aslında şöyle demiş oluyorsun. Ne düşüncesiz adamsın, bir telefon bile açmıyorsun, çok kabasın. Mesaj bu. Kocana hiçbir zaman yeterli bir erkek değilsin, bir kadını mutlu etmeyi bilmiyorsun, mesajı verme.

-Geç kaldığında ne demem gerekiyor babaanne?

-Geç kalınca seni merak ettim canım, iyi misin? diye sorabilirsin.

-Hımmm. Arada fark var yani. Kulaktan girenler kalbine gidiyor yani. Şimdi ben kocama güzel görünmek için boşuna mı süslenmişim.

-Göz de önemlidir kızım, bir kadının kendine bakması önemli ama kulaktan sonra gelir. Hiç görmedin mi nice güzel kadınlar çirkin kadınlarla aldatılır. Çünkü o kadınlar erkeğin kulağına ne söyleyeceğini bilen kadınlardır. Evdeki "dırdır ederken" dışarıdaki "mırmır ederek" kazanır. Erkeğin gözü işte o zaman güzellik falan görmez.

-Sen hep böyle mi yaptın babaanne?

-Elbette. Hâlâ bana niye aşık zannediyorsun? Bak mesela uzun zaman birlikte dışarı çıkmadınız. "Ben sıkıldım biraz dışarı çıkıp gezelim mi?" demek var bir de "Uzun zamandan beri beni dışarı çıkarmadın!" diye suçlayarak söylemek var. İkisi arasında karşıdakinin duygularına dokunma açısından çoook büyük fark var.

-Senden öğrenecek çok şey var. Başka neler var önemli olan?

-Erkekler takdir görmeyi sever. Küçük de olsa yaptığını takdir edersen yapmadıklarını da yapmaya başlar. Erkekler pohpohlanmayı sever. Bir erkeği ne kadar çok översen seni o kadar çok sever.

-Biz kadınlar da iltifatı güzel sözü hep kendimize bekliyoruz. Erkeklerin bundan hoşlanacağını hiç düşünmemiştim.

-İnan ki erkekler kadınlardan daha düşkündür güzel söze.

-Peki babaanne ben eşimin hoşuma gitmeyen davranışlarını nasıl söyleyeceğim, söyleyemezsem çatlar ölürüm sonra.

-Erkek gibi dobra dobra değil, bir kadın gibi zeki ve kurnazca, az önce söylediğim gibi kulağına mırıldayarak istediğini söyleyebilirsin. Erkekler kadınların yüksek sesle konuşmasından nefret ederler.

-Siz hiç kavga etmez misiniz babaanne?

-Kavgasız ev olmaz yavrum. Ben de kızdığım zaman konuşurum. Fakat sesimi çok yükseltmem, dilimi kocamı yaralamak için silah olarak kullanmam. Onu suçlamadan kendi hissettiklerimi söylerim. Kocam çok sinirliyse de susmayı ve fırtınanın geçmesini beklerim. Erkeklerin kızgınlıkları fırtına gibidir, birden gelir çabuk da geçer. Fırtınadan zarar görmek istemiyorsan geçene kadar bekle. Her şeye atlama.

Mutfağı toplamışlardı. Çay da demini almıştı. Ceyda ocağın ateşini kısayım derken yanlışlıkla ocağı söndürdü. O çayları doldururken babaanne ocağın altını açtı. Ateşe bakarken gülümsedi.

-Aşk bir ateştir, tatlım. Arada bir gaz verip ateşi beslemezsen söner gider.

Ceyda güldü.

-Ben ateşe odun atmak gerekir, diye biliyordum.

-Evet aşk ateşine odun da atmak gerekir. O da kendi odunluklarımız olmalı. Kibrimiz, gururumuz, eğilip bükülmeye korkan yanlarımızdır. Öncelikle onları yakmalıyız aşkın ateşinde. Pek çok aşık ateşe odunluklarını atmak yerine, su döküp söndürüyor yanlışlıkla.

Mutfağın kapısından çıkarken Dila Hanım,

-Unutma dırdır yok, mırmır var, dedi gülerek.

***

Ömer oturduğu koltuktan kalkıp büyükbabasının yanına oturdu. Biraz kısık bir sesle:

- Büyükannemle Ceyda mutfaktan gelmeden, şöyle baş başa kalmışken azıcık sohbet edelim. Büyükbaba, söylesene bunca yıl evli kalıp da mutlu olmanın hâlâ birbirine tatlı tatlı bakmanın sırı nedir?

Büyükbabası güldü.

-Söylemişler gelenler, bizden evvel,
Kulak aşık olurmuş, gözden evvel.

Ömer tam olarak ne demek istediği anlamamıştı. Büyükbabası söylediği tekrar etti. Ömer o güne kadar aşk ve kulak arasında bir bağlantı kurmamıştı. Aşk gözde başlar diye biliyordu. Düşündüğünü seslendirdi.

-Yapma büyükbaba, önce göz sever, kulak sonra gelir?

-Gözle başlayan çekiciliktir, aşk değildir. Pek çok kadın sana güzel, çekici gelebilir ama her çekici bulduğunu sevemezsin. Çekiciliği sevgiye dönüştüren kulaktır.

Ömer'e söz hâlâ pek mantıklı gelmemişti.

-Kulak aşık olurmuş, gözden evvel, diyorsun.

-Oğlum etrafına bir baksana. Her taraf güzel, bakımlı, süslü kadınlarla dolu. Fakat çoğu yalnız. Seven göz olsaydı bu kadınların hiçbirinin terk edilmiş olmaması gerekirdi. Kadınlar erkeklerin gözlerine hitap ettiklerinin onda biri, erkeklerin kulaklarına hitap etmeyi bilselerdi bu kadar yalnız kadın olmazdı.

-Bak bu önemli yani. Öncelikle karımın benimle nasıl konuşacağını öğrenmesi lazım.

-Oğlum sen karını bırak. Sorumluluğu hemen onun üstüne atma. Sen kendi üzerine düşeni yap. Bütün anlaşmazlıklar hep karşı tarafın değişmesini, bir şey yapmasını beklemekten oluyor. Sen bir kadınla nasıl konuşulur önce onu öğren.

-Kulak aşık olurmuş, gözden önce diyorsun. Yani sözler, kelimeler sevgiyi başlatır ve yaşatır diyorsun?

-Aynen öyle diyorum. Kadınlar güzel söze hiç dayanamazlar. Karına sık sık iltifat et. Her geçen gün daha da güzelleştiğini falan söyle.

-İltifat kadınlar için ekmek su gibi gerekli bir şeydir, demişti arkadaşım.

-Çok doğru söylemiş, çünkü kadınlar güzel kelimeleri severler, konuşmayı severler. Her akşam ona belli bir zamanını mutlaka ayır, o zamanda onu dikkatle dinle ve sadece onunla ilgilen. Gün içinde hoşuna giden hikâye, fıkra, onun ilgisini çekecek şeyleri onunla paylaş. Ne güzeldir insanın sevdiğiyle sohbet etmesi, gülüşmesi. Sen onu bir güldürürsen o seni on güldürür.

-Bire on diyorsun?

-Evet bire on. Sen yeter ki sevmeyi bil. Sevgi kelimelerdedir, kelimeler önemli dedim oğlum. Kelimeleri yazıya döktüğünde de çok etkilidir. Bu yüzden arada bir ona sevgini ifade eden küçük notlar yaz. Mesaj gönder. Sen de duymuşsundur, internette birbirini görmeyen insanlar yazıyla birbirlerini sevip bağlanabiliyorlar.

-Hem de çok oluyor böyle şeyler.

-Aşk kulakta başladığı gibi, kulakta da biter oğlum. Bunu da unutma.

-Bitmesin diye neye dikkat etmem lazım?

-O bölüm biraz uzun mevzu. "Bükçe" diye kadın dilini anlatan diye bir hikâye var, onu okuyup öğrenmen lazım.

Ceyda elinde çay tepsisiyle salona gelince ikisi de sustu. Ömer çayını yudumlarken az önce büyükbabası ile konuştukları aklındaydı. Fırsat bulmuşken karısına iltifat etmek istedi.

-Teşekkür ederim canım, çay nefis olmuş, ellerine sağlık, dedi.

Ceyda "Afiyet olsun." derken Büyükbaba odaya giren karısını süzerek;

-Nişanlım, çok yoruldun, gel otur karşıma, çayını iç, sensiz çayın tadı çıkmıyor, dedi. Büyükanne gülümseyerek oturdu kocasının karşısına. Ceyda gıpta ile baktı onlara. Elli yıllık evliliğe rağmen birbirlerine "nişanlım" diyen bu sevdalılar gibi olmalıyız biz de, diye düşündü. Bugün öğrendiklerimi uygulamalıyım, hatta hemen başlamalıyım diye karar verdi. Karşısındaki aynanın önünde duran Ömer'in küçüklük resmine bakarak,

-Çocukken de çok yakışıklıymışsın hayatım, dedi.

Ömer daha bir şey söyleyemeden babaanne kaptı sözü.

-Büyükbabasına benziyor. Gençlikleri yakışıklı oluyor, yaşlılıkları da karizmatik ve çekici, derken göz süzerek kocasına baktı. Büyükbabanın karısının sözleri karşısında gözleri ışıladı.

Ömer karısına iyi bir iltifat etmeye kararlıydı.

-Umarım kilo alıp yakışıklılığımı bozmam; çünkü karım nefis yemekler yapıyor, çok becerikli, dedi.

-Büyükannen de bana yıllarca nefis yemekler yaptı ama onun güzelliği karşısında yemekler sönük kaldı, dedi büyükbabası.

-İnsanın sevdiği için yemek yapması büyük bir zevk, dedi Ceyda fırsatı kaçırmak istemeyerek.

-Sevmek kolay kızım, dedi büyükbaba. Önemli olan yıllarca bu sevgiyi yaşatacak, sevgisini her zaman hissedeceğin bir eşin olması. Karım benim dünyadaki cennetim. O benim yazın güneşim, kışın gönül sobam. Kışın ayazında bile onu düşününce içim ısınır, dedi.

O akşam Ömer de Ceyda da tatlı sözlerle birbirinin gönlünü okşamada büyükanne ve büyükbaba ile yarışamayacaklarını anlamışlardı, vazgeçip sustular. Daha çok pratik yapmaları gerekiyordu. Ömer "Kurt olmuş bunlar kurt, aşk kurdu!" diye içten içe söylendi. Kendine nasihat edip, uygulamasına fırsat vermeyen büyükbabasına biraz içerlemişti.

Cennet, Sevmeyi Bilenlerindir

"Bostan ve Gülistan" kitabının yazarı Sadi Şirazi'nin "Cennet sevmeyi bilenlerindir" sözünü ilk duyduğumda "ne çok şey anlatıyor" diye düşünmüş ve çok beğenmiştim. İki evlilik kitabıma da bu sözü aldım. Sevmek; dilimizden düşmeyen ama bir türlü özüne inemediğimiz kelime.

Allah'ı sevmek, peygamberi sevmek, dinini sevmek, anneni sevmek, çocuğunu sevmek, eşini sevmek... Hepsi sevmeyi biliyorsan değerli ve anlamlı. Allah'ı sevdiğimizi iddia ediyorsak fakat Yaradan'ımızın sevmediği işleri sürekli yapıyorsak bu sevgi gerçek olabilir mi? Bir anlamı olabilir mi?

Seven çok, ama sevmeyi bilen az. Hele bu devirde sevgi enflasyonu yaşıyoruz. Sevginin her yerde adı var ama kendi yok.

Her şeyin ilmi vardır, sevmenin de. Sevmeyi tamamlayan şey sevmeyi bilmektir. Sevgi ilminin de ilk maddesi, sevgimizden bencilliği çıkarmak olmalı. Sevdiğimizi kendi canımız istediği gibi değil, sevdiğimizin hoşuna gittiği gibi sevmek. Onu hoşuna gideceği şekilde sevmek için de tanımak gerekir. Nelerden hoşlanıp nelerden hoşlanmadığını bilmek gerekir. Sevdiğini önemsemek gerekir.

Eşimizi seviyorsak fakat onu düşünerek hareket etmiyorsak bu sevginin ne kadar anlamı olabilir? Sevgi sevinç vermeli. Sevdiğimizin mutluluğu, sevinci bizim için önemli değilse sevgiden söz edebilir miyiz? Ben onu çok seviyorum, o ister mutlu olsun ister olmasın, önemli olan benim mutluluğum, diyen birinin sevgisine kim inanır! Çocuğumuzu çok seviyoruz deyip onunla ilgilenmiyorsak, birlikte zaman geçirmiyorsak sevgimize onu inandırabilir miyiz?

Kadın ve erkek arasında sevgi farklı algılanmakta.

Kadınlar ilgi gördüğünde sevildiğine inanıyor. Kadın için ne kadar ilgi, o kadar sevgi. Kocası onu gün içinde arasın, mesaj göndersin, hasta olduğunda bir bardak çay versin, keyifsizse derdini sorsun, onun anlattıklarını ilgiyle dinlesin. Bunlar hemen her kadının hoşuna gidecek genel şeyler.

Reklamlarda ve filmlerde çok kullanılan bir sahne vardır. Kadın ve erkek açık havada balkonda ya da deniz kenarındadırlar. Kadın üşür. Erkek kendi de üşüdüğü halde ceketini çıkarır ve kadına verir. O zaman anlarız ki adam kadını seviyor.

Sevmek yeri geldiğinde kendinden vazgeçmek değil midir? Önce ben, sonra sen ise karşımızdaki sevildiğine ne kadar inanabilir.

Bir de bireysel hoşa gitmeyen şeyler vardır. Mesela bir hanım "Eşim benden bir şey isteyeceği zaman parmağıyla omzuma vurur. Ben bundan nefret ediyorum ve yıllarca ona bunu yapmamasını söyledim ama hiç aldırış etmiyor, hâlâ yapıyor." demişti.

Erkekler için sevgi, fazla ilgide değildir. Hatta erkekler ilgi artınca bunalabilirler. Kadın da kocasına sevgisini, kendi hoşlandığı gibi, ilgiyle göstermeye çalışırsa yanlış bir yöntem takip etmiş olur.

Erkekler için sevgi, kabul görmektir, genellikle. Olduğu gibi sevilmek ister erkekler. Eşlerinin onları eleştirmesine pek tahammülleri yoktur, çünkü sevilmediklerini düşünürler ve ayrıca kendilerinin değiştirilmeye uğraşılmasından hiç hoşlanmazlar. Kadınların da en büyük isteği kocasını değiştirmektir.

Bir de bireysel beğeniler, istekler vardır. Erkek çok önemsediği konunun karısı tarafından da önemsenmesini ister. Kimi kapıda karşılanıp uğurlanmayı, kimi vaktinde yemeğin hazır olmasını, kimi ailesine çok değer verilmesini ister ve bu davranışları sevgi ifadesi olarak görür. Karısı en çok önemsediği konuyu ciddiye almıyorsa onun seviyorum dediğine de inanmaz.

Bir tanıdığım karı koca, evde kavgalar artınca yazılı bir anlaşma yapmışlardı. İkisi de hoşlanıp hoşlanmadıkları şeyleri ve nasıl davranılmasını beklediklerini yazmışlardı.

Kadının ilk maddesi "Benimle konuşurken bağırma." olmuş.

Erkeğin ilk maddesi "Köyümüze asla kötü deme." (Ailesinin yaşadığı arada bir gittikleri köy için)

Yazmak pek çok gözden kaçan şeyi hatırlamak açısından çok faydalıdır. Karşıdaki sözle söylediğinde ne kadar sinir olduğunu anlamayabilir ama yazılı olduğunda ciddiyeti daha iyi kavrar. Bu yüzden karşıdaki düşünemiyor olabilir, sevmeyi öğrenmesi için yardımcı da olmak gerekir. Fakat ondan önce sevgiyi karşılık beklemeden vermek gerekir.

Sevdiğinin hoşuna gittiği gibi davranan kişinin sevgisi inandırıcı olur. Ben sevdiğimi kendi keyfime göre severim havalarından çıkmak gerekiyor.

Güzel sözlerle, sözlerimizi destekleyen güzel davranışlarla sevgimizi göstermeliyiz. Sevgimiz sevdiğimize sevinç vermeli.

Dünyada da ahirette de cennet sevmeyi bilenlerindir.

Çöpün İçinde Gül Yetişmez

"Kin de mal gibi miras kalır." diyor Hz Ali. Bu sözü ilk duyduğumda aklıma annem geldi. Biz üç kardeş annemde hep güzel huylar gördük. Annem kimseye kin beslemez, kimseyle de dargın olmazdı. İnsanların kusurlarına takılmamayı annemden öğrendik.

Miras deyince aklımıza hep mal mülk geliyor. Oysa çocuklarımıza bir de manevi miras bırakıyoruz. Davranışlarımızla, ahlakımızla onlara örnek oluyoruz ve pek çok huylarını bizden alıyorlar. Çocuklarımıza miras bıraktığımız huylarımıza dikkat edelim, kötüsü varsa atıp elden çıkaralım. Hele huylarımızın içinde kin varsa acilen yok edip doğru örnek olalım.

İletişim kelimesi günümüzde çok moda. İletişim çağında yaşıyoruz. Başkalarıyla iyi bir iletişim kurmanın temel noktası önce kendinle iletişiminin iyi olmasıdır. Kendiyle sorunu olanın başkalarıyla sorunsuz bir ilişki kurması mümkün değildir. Önce kendimizle ilgili sorunlarımızı halletmeliyiz.

Siz kendinizi nasıl hissediyorsunuz? Üzerinizde bir ağırlık var mı?

Geçmişe takılanlardan mısınız? Gelecek kaygısı çekenlerden misiniz? Yoksa günün kıymetini bilenlerden misiniz?

Karımın yaptıklarını hatırladıkça beynimde düdük ötüyor, düğünümde kayınvalidem bana güzel bir takı takmadı, eşyaları alırken kalitelisini almadı, kocam bana üç yıl önce şöyle yaptı, iki yıl önce şöyle dedi, geçen hafta bana kızdı haksızlık etti, amcamla görüşmek istemiyorum mirasta bize haksızlık ettiler, o arkadaşımı hatırladıkça sinirim tepeme çıkıyor....vs vs

Bunlar bitmez. Eğer bunların çetelesini tutarsak koca bir kitap olur. Fakat bu kitabı okumanın kimseye bir faydası olmaz, zararı olur. En iyisi bunları toplayıp bir çöp poşetine doldurup atmak.

Çünkü bunların hepsi çöp. Zihnimizde ne kadar çerimiz çöpümüz varsa onlardan kurtulmamız lazım. Biriktirdiğimiz kırgınlıklar, kızgınlıklar, yaşam enerjimizi tüketiyor, bizi ağırlaştırıyor.

Aslında bunları hiç biriktirmemek lazım. İçimizde otomatik bir temizleme sistemi kurup, daha gelir gelmez birikmesine izin vermeden temizlemek lazım. Yoksa bu çöpler kokuşur, bizi sürekli rahatsız eder.

Yapılan kanser araştırmalarında affedemeyen insanların kansere daha çok yakalandığı ortaya çıkmış. Nasıl vücudumuzun hastalıklara karşı bizi koruyan bağışıklık sistemi varsa ruhumuzun da bir bağışıklık sistemi var.

Üzüntüler, kızgınlıklar ruhumuzun bağışıklık sistemini çökertmekte. Beden ve ruh ayrılamadığı için ruhun bağışıklık sistemi çöktüğünde bedenin bağışıklık sistemi de çöküyor ve hastalıklara çok çabuk yakalanıyoruz.

Yine yapılan bir araştırmada hasta iki grup almışlar. Bir gruba affetmenin önemi üzerine bir buçuk ay eğitim verilmiş, onlar affedebilmeyi öğrenmişler. Diğer gruba bu konuda herhangi bir eğitim verilmemiş. Bütün şartlar eşit olduğu halde affedebilme eğitimi alanlarda hızlı bir iyileşme görülmüş.

Birbirine dargın olanların, akrabalarıyla görüşmeyenlerin, dualarının kabul olmayacağını bildirmiş sevgili peygamberimiz. Üç günden fazla kırgın durmayı da yasaklamış. Bu üç günlük süre çok önemli. Hiç dargın durmayın da denilebilirdi. Fakat bu insan psikolojisine ters olurdu. Ağlamak, kızmak, üzerinde düşünmek ve karşıdakini affetmek için bir zamana ihtiyacımız var. Bu bir saatte olabilir, bir gün de, iki gün de bazen de üç gün. Ama dördüncü güne taşımamamız gerekiyor. Kırgınlıklarımızı üç günden sonraya taşımaya hakkımız yok.

Affetmedik ama usulen konuşuyorsak yaptığını hatırladığımızda ya da onu gördüğümüzde sinirleniyorsak, sadece kendimizi kandırıyoruz demektir. Böyle hilelerle boş yere kendimizi kandırmayalım. Bizden istenen affetmemiz. Affetmek kendimize yapabileceğimiz en büyük iyiliktir. Affetmemek ise kendimize yaptığımız en büyük kötülük.

Kendimize böyle bir kötülüğü yapmaya hakkımız yok. Karşımızdaki bize bir kötülük yapmışsa, biz her seferinde onu hatırladıkça kızıyorsak, sinirleniyorsak, biz ondan daha kötüyüz, çünkü biz o kötülüğü kendimize sürekli yapıyoruz. Beynimiz; üzücü olayları her hatırladığımızda aynı üzüntüyü yeniden yaşıyor ve olumsuz etkileniyor.

Affedebilmenin en iyi yolu kızmak yerine acımak. Kızgınlık duyduğumuz insanlara acıyalım. Yapmışsa bir kötülük, her ne kadar bize yapmış gibi görünse de aslında kendine yapmıştır. Çünkü yaptığımız iyilikler de kendimiz içindir, kötülükler de kendimiz içindir. Bunu unutmayalım.

Biz kendi üzerimize düşeni yapalım, affedici olalım ki gönlümüzde, zihnimizde sevgi için, güzellikler için yer açılsın.

Karı koca muhabbetinden önce de gönül temizliği şart. Çöpün içinde gül yetişmez.

Mutluluk Formülleri

"Mutluluğun formülü çok açık. Bir sen, bir ben, bir de bebek!" diye bir şarkı dolanmıştı bir zamanlar dillere. Hepimiz farkında olmasak da mutlu olmak ve sorunlarımızı çözebilmek için kendimize formüller oluşturmuşuzdur.

Formül, sorunun çözümünün, özetlenmiş ve kodlanmış halidir. Formül yoksa problemi çözmek zordur. Formül yanlışsa da problem çözülmez.

Formüllerimizin çoğunu daha küçükken oluşturmaya başlarız.

Anne babamızın bize karşı davranışları veya birbirlerine karşı davranışları, komşularımızla ilişkilerimiz, oyun oynarken arkadaşlarımızla ilişkilerimiz, okulda öğretmenlerimizin tutumları bazen bir kitap, bir film veya bir atasözü bize formül oluşturmakta rehberlik eder.

Bir şekilde formülü oluşturduğumuz zaman o konuyla ilgili her sorunda o formülü uygulamaya başlarız. İster uysun ister uymasın, ister çözsün ister çözmesin. Formül sorunu çözmüyorsa suçu formülde değil karşımızdaki insanda ararız.

Temeli çocukken başlar. Söylediklerimizi anne babamız duymadıysa; fakat ağladığımız zaman istediklerimizi yaptılarsa, formülü oluştururuz. İstediklerimizi elde etmek = Ağlamak.

Artık ömür boyu bu formülü uygularız. Çocukken ağlarız, biraz büyünce de sızlanmaya başlarız. Gözlerimizden yaş düşmese de sözlerimiz ağlar. Karşımızdakini bıktırana, istediğimizi yaptırana kadar sızlanırız.

İstediğimiz yapılmıyorsa da formülümüzü değil karşımızdakini suçlarız. Çünkü o formülle çocukken çok çikolata yemiş, çok izin koparmıştık. Şimdi niye işe yaramasın ki? O zaman suç karşımızdakinde.

Eğer çocukken istediklerimizi bağırarak, terbiyesizlik ederek yaptırmaya alışmışsak ömür boyu bu metodu kullanmaya çalışırız. Haksız da olsak bağırıp çağırıp her zaman yağ gibi üste çıkmaya çalışırız. Bu formül işimize yaramadığı zaman ise çıldırırız. Annemize uygulamıştık bu şekilde istediklerimizi yaptırmıştık ama bakalım eşimiz bu formülü kabul edecek mi?

Sonra yaşayarak, görerek, duyarak, okuyarak formüller geliştiririz.

Genç kız gelin olurken birileri kulağına fısıldar.

Evlilikte mutluluk = Ev işi, temizlik, bulaşık, ütü, güzel yemek. Genç kadın bunları uygular ama bir türlü mutlu olmaz. Oysa canı çıkana kadar evinde iş yapıp yorulmaktadır. O formülü uygulamaktadır ama mutlu değildir, o zaman suç yaptıklarını görmeyen, takdir etmeyen kocasındadır.

Erkek evlenirken birileri kulağına fısıldar.

Karınla çok ilgilenme, çok yüz verme şımarır.

Evlilikte mutluluk= Karına ciddi ve sert olmaktır.

Genç adam karısına karşı mesafeli durur ama mutlu olmaz. Karısı sürekli beni sevmiyorsun benimle ilgilenmiyorsun diye şikayet eder. Formül işe yaramadığına göre suç karısındadır.

Kaçan balık kovalanır, diye bir atasözünden kendimize formül üretmişizdir, sürekli sevdiğimizi peşimizden koşturmaya uğraşırız. Sevdiğimiz bir koşar, iki koşar, sonra yorulur. Kaçar gibi yaparken bir dönüp bakarız ki kovalayan falan kalmamış, sevdiğimizi kaybetmişiz. O zaman formüllerimiz olmamalı mı? Olmalı hatta çok çok fazla formülümüz olmalı. Hatta kişiye göre formül üretebilmeliyiz. Yüz kişiye aynı formülü uygulamamalı, yüz kişi için yüz çeşit formülümüz olmalı. Bu formülleri oluştururken de karşımızdaki insanı tanımalı ve ona göre formül oluşturmalıyız.

Annenizin babanızla kurduğu mutluluk formülü sizin için boşanma sebebi olabilir. Ayşe'de işe yarayan formül Fatma'da ters etki yapabilir. Ya da eşinizle ilişkinizde beş yıl önce işinize yarayan mutluluk formülü, sizin için artık mutsuzluk sebebi olabilir. Siz ya da eşiniz değişmişsinizdir, o zaman formülünüzü de değiştirmeniz gerekir. Ciddi iş, dikkatli olmak lazım.

Fakat maalesef gözlemlerimden edindiğim şu ki insanlar ellerindeki üç beş formülü her duruma uydurmaya çalışıyorlar ve sonra da mutsuz oluyorlar.

Belki de mutsuzluğumuzun sebebi yanlış formüllerimizde. Onları şöyle bir gözden geçirsek mi ne dersiniz?

Kızlar Evliliğe Hazır mı?

Hayat insana çok malzeme veriyor.

Taksiye bindiğim bir gün istemeden de olsa bir karı koca kavgasına şahit oldum. Taksinin şoförü yirmi beş yaşlarında, eli yüzü düzgün, kibar bir delikanlı. Az sonra karısı aradı. Daha çok genç, belli ki yeni evli. Tatlı bir merhabadan sonra başlayan konuşmaları, kavga edip karısının yüzüne telefonu kapatmasıyla bitti.

Konuşma şöyle gelişti. Tabi ben sadece erkeğin söylediklerini duyuyorum. Karısının söylediklerini cevabından tahmin ediyorum.

-Tabi, boğazda balık yiyip geleceğim. (Karısı "tok mu geleceksin" diye soruyor.)

-Ben eve her gün aynı saatte ve aç geliyorum bunu bildiğin halde niye her gün arayıp bana aynı soruyu soruyorsun? (Aşkın karın doyuracağını zanneden kızımızın, durumun böyle olmadığını görünce, belli ki yemek yapmak zoruna gidiyor. Kocasının eve tok gelmesini istiyor. Kendinin de aç kalması hayırlı olacaktır, kilo almaktan kurtulacaktır.)

-Ne istiyorsan onu yap. (Ne yemek yapayım diye soruyor olmalı.)

-Sen bilirsin benim için fark etmez, ne istiyorsan onu yap. (karısı ısrarla yemek adı istiyor)

-Patates yemeği yapabilirsin. (Evde patates yok, diyor.)

-Üst kata çık annemlerin oradan patates alıver. (Ben alamam sen gelince al, demiş olmalı.)

-Ben gelince geç olur, sen al. (Hayır madem kocanın söyleyeceği yemeği yapmaya gözün yok, niye ısrarla yemek adı isteyip başına iş çıkarıyorsun. Hayır sordun madem çıkıp üst kattan patates alsana.)

Üst kattan patates alma yüzünden kavga ettiler. Ben taksiden inerken taksici kardeşin yüzünden düşen bin parçaydı. Günü zehir olmuştu.

Bu kızımız evlerinken sevdiği adamla bir gün patates alma yüzünden kavga edeceğini biri söylese inanır mıydı, gülüp geçer miydi?

Bu kızımız evlerinken her gün yemek yapması gerektiğini biliyor muydu?

Erkeklerin evlerine her akşam genellikle aç geldiğini bilmiyor muydu?

Tok mu geleceksin diye kurnazca planlanmış soruların işe yarayacağı fikrine nerden kapılmıştı?

Bu kızımız bu kurnaz sorunun altındaki "Tok gel, yemek yapmak canım istemiyor." mesajının eşini sinirlendireceğini düşünemiyor mu?

Her gün arayıp aynı soruyu sorarak eşini aptal yerine koymaya çalışmasının eşini ne kadar sinirlendirdiğinin farkında olamıyor mu?

Eskiden evlenme yaşı günümüze göre daha küçük yaşlarda gerçekleşiyormuş ama insanlar evliliklerini sürdürebiliyorlarmış. Fakat günümüz gençlerinin çoğu çok toy, çok hayalci, ayakları yere basmıyor. Büyük aşklarla evlenip kısa süre sonra da bir evliliği bitirme sebebi olamayacak saçma sapan sebeplerden ayrılıyorlar.

Lise 1 öğrencisi genç kız, bir yıl önce, ilköğretimden mezun olunca okumaktan vazgeçip evlenmeye karar vermiş. Sonra benim evlilik üzerine yazdığım kitabımı okuyunca evlenmekten vazgeçmiş, okumaya devam ediyormuş. Evliliğin bu kadar sorumluluğu olduğunu bilmiyormuş.

Evlilik ayrı bir evin olması, aileden kurtulmak, özgürlük, sevdiğin adamla yaşamak, yemek, içmek, gülmek, konuşmak, akşamları el ele göz göze oturmak, birlikte sinemaya gitmek, gezmek... Genç kızlar böyle bir hayalle evlenince sonrasında büyük şok yaşıyorlar.

Kendi evin olması demek; bir evin bütün işlerini senin yapman demektir. Aileden kurtulmak demek; sabahtan akşama hatta gece yatana kadar, evin içinde koşturan annenin yaptığı işleri kendi başına yapacaksın demektir. Bu da temizlik, yemek, bulaşık, ütü, çocuk gibi işlerin sorumluluğunu alıyorsun demektir.

Gelelim işin sevda bölümüne. Kızlarda bu konuda yüksek beklenti var. Her daim mutlu olalım, birbirimizi hiç kırmayalım, filmlerdeki gibi el ele göz göze olalım. Kızlar da yüksek oranda romantik erkek hayali var. Bu da gerçek hayata uymuyor. Ayrıca bizim toplumumuzda, genç kızların çoğu, evliliğin cinsellik boyutunu da pek dikkate alıp önemsemiyorlar. Cinselliği evliliğin içinde küçük bir detay olarak görüyorlar.

Bu satırları kimseyi evlilikten soğutmak için yazmıyorum. Söylemek istediğim sadece gençler hayalle evlenip üç gün sonra ayrılmaya kalkmasınlar. Ya da bir ömrü, birbirlerine zehir ederek yaşamasınlar. İster okumuş olsun, ister okumamış olsun, ister çalışıyor olsun ister olmasın ev işleri kadınların üzerinde bir sorumluluktur.

Tabi çalışan kadınların işi biraz daha zor. Hem dışarıda hem evde çalışmak gerçekten yorucu. Çalışan kadınlar, hayat müşterek biz de çalışıyoruz, kocalarımız akşam ev işlerinde yardımcı olmak zorunda türküsü tuttursalar da toplumun genelinde böyle bir başarı henüz yakalanabilmiş değil.

Türk erkeklerini Türk anaları yetiştirdiği sürece kadınların ev işlerine yardım eden koca hayalleri pek gerçekleşecek gibi görünmüyor. Bu yüzden çalışan kadınlar da evlenirken gerçekleri göz önünde tutarak evlilik kararı versinler. Sonradan hayal kırıklığı yaşamasınlar.

Bir aile kurmak, aile olmak çok özel ve güzeldir ve çok da ciddi bir iştir. Bu yüzden gençlerin evlilik öncesi zihnen, ruhen, bedenen hazır olması lazım.

Bir genç kız ev temizliği, çamaşır, yemek, bulaşık, ütü gibi konularda annesinin evinde iyi bir staj yapmış olmalıdır ki evlenince şaşırıp kalmasın.

Bir genç kızın, erkeklerin kadınlardan farklı olduğunu bilmesi, farklılığı zihnen iyice kavraması gerekir ki kocasına kız arkadaşına davrandığı gibi davranmasın.

Bir genç kızın bir erkekle nasıl konuşulacağını da bilmesi gerekir. İletişim konusunda bilgili olması gerekir.

Genç kızlar ailesinin evinde gördüğü maddi imkânı bazen eşinin evinde görmeyebilir. O zaman şikayet etmeden iktisat ederek yaşayabilecek olgunlukta olmalıdır.

Cinsel hayat hakkında kadın ve erkek farklılıklarını bilmeli, doğru kaynaklardan, düzgün bilgi sahibi olmalıdır.

Kocasının ailesinin, oğullarını sevmelerinin, kendisi için bir tehlike olmadığını, gayet doğal bir durum olduğunu bilmeli ve kıskançlık moduna girmemelidir. Arada ailelerin olumsuz etkileri de olabilir, onları güzel bir siyasetle idare edebilmelidir.

Bir genç kız, geleceğin anne adayı olduğu için annelik üzerine de okumalı, kendini hazırlamalıdır.

Evlenecek gençler ve aileler; ev, çeyiz, alınacak eşyalarla ilgilendiklerinin onda biri bu konularla ilgilenseler eminim daha mutlu aileler olacak ve daha sağlam evlilikler kurulacak.

Eşya ile mutluluğu sağlayanlar henüz olmadı.

Erkekler Evliliğe Hazır mı?

"Küçük Kız" adındaki bir hikâyem çok beğenilmişti. Hikâye internette dolaştı, radyolarda ve televizyonlarda okundu. Büyük bir kanalda sabah haberlerinde iki gün üst üste okunmuş.

Bekar bir erkek dinleyici hikâyeye gıcık olmuş, takip ettiği kanalda iki sabah üst üste okunmasına fena halde sinirlenmiş. Önce televizyon kanalını aramış eleştirisini bildirmiş, "Çok beğendiyseniz filmini çekin de boyun nasıl öpülür öğrenelim." demiş. Daha sonra da bana mail gönderdi. Kadınlar, ben ve benim anlattığım gibiyse bin yıl da yaşasa bekar kalmanın daha iyi olduğuna karar vermiş.

Maili okuyunca, boyunla ilgili ne yazdığımı hatırlayamadım. Hemen kitabı açıp hikâyeyi gözden geçirdim. Erkek okurun anlamadığı, dalga geçtiği bölüm şöyle:

(Fakir bir adam anlatıyor.)

"Hiçbir zaman karımın kulaklarına altın küpe takamadım ama her zaman kulaklarına aşk sözleri fısıldadım. Hiçbir zaman boynuna pırlanta gerdanlık alamadım ama hep öpücüklerle sevdim boynunu. Hiçbir zaman ona ipek elbiseler giydiremedim ama ben kendi bedenimle ipek bir elbise gibi yumuşacık sardım, mutlu ettim onu."

Birkaç kez okudum beğendim, güzel yazmışım ellerime sağlık. Buradaki boyun öpme bölümünü neden ve nasıl anlamadığını ben anlayamadım. Boyun, vücutta öpülmeye gayet uygun bir yerdedir. Ve genellikle kadınların öpülmekten en çok hoşlandığı yerlerden biridir. Ayrıca çekici bir bölge olduğu için tesettür ayetinde boynun örtülmesi de emredilmiştir.

Boyun ve hemen bitimindeki gerdanlık bölgesi üzerine şairler, aşıklar yüzyıllar boyu ne dizeler döktürmüşler. Bu yazdıklarıma sinir olan erkek, hiç türküde mi dinlememiş, hiç şiir de mi okumamış? Keşke Tv kanalı onu ciddiye alıp hikâyeyi canlandırsalardı da o da boynun nasıl öpülebileceğini görseydi.

"Kadınlar siz ve sizin anlattığınız gibiyse bin yıl yaşasam da evlenmeyeceğim." demiş.

Bu mail, evliliğe hazırlıksız erkeklerin, evliliğe bakış açısını gösteren iyi bir örnek. Evet kadınlar duygusal olarak birbirine benzer. Buna eminim, çünkü pek çok kadın okurumdan "beni anlatmışsınız" diye teşekkür mailleri alıyorum. Her kadının içinde de küçük bir kız vardır hiç büyümeyen. Erkeğin arada bir o küçük kızı şımartması, sevindirmesi gerekir. Evlenmeme konusundaki düşüncesi de bence isabetli. Boyun öpme konusunu bile kavrayamayan bir erkeğin bekar kalması gerekir zaten.

Bir erkek kadına nasıl dokunacağını bilmeli. Tatlı sözlerle kadının gönlünü okşamadan, kulağına güzel sözler fısıldamadan, bedenine dokunmamalıdır.

Küçük şeylerin kadınlar için ne kadar önemli olduğunu bilmeli ve kendine saçma gelse de eşini mutlu etmek için küçük sürprizler yapmalı.

Biz kadınlar Havvayız erkekler de Adem. Sonuçta hamur aynı. Dinlisi dinsizi Türkü İngilizi çok da fark etmiyor aslında. Dünyanın her yerinde kadın kadın, erkek de erkek. Bazı farklılıkların sebebi ise içinde yaşadığımız toplumun kültürü ve kişiliğimiz. Fakat pek çok ortak nokta var.

İyi eş olmak doğuştan kazanılmış bir yetenek değildir. Anne babanın davranışları modellenir çoğu zaman ne kadar istenmese de. Onları beğenmeyen onlardan farklı olmayı isteyen özel gayret göstermelidir.

Bir erkek evlenmek, aile olmak için sadece para kazanmanın yetmediğini bilmeli. Aile, toplumun en küçük; fakat en önemli kurumudur. Her kurumda bir idareci olur, kurumun sorumluluğunu üstlenen. Aile kurumunun idarecisi de erkektir. Bir kadını idare etmekle bir toplumu idare etmek arasında pek bir fark yoktur. Erkek yükleneceği sorumluluğun farkında olmalı, idarecilik görevini en iyi şekilde yapmaya çalışmalıdır.

Aile kurumu sevgiyle yürüyen bir kurumdur. Erkek, kadının ateş olup bedenini yakmasını, gönlünü ısıtmasını, evini aydınlatmasını istiyorsa o ateşin yakıtı olan sevgiyi asla eksik etmemelidir. Bir erkek, her şeyden önce sevmeyi bilmelidir.

Küstüm Oynamıyorum

Kız çocukları ve erkek çocukları arasındaki farklılıklarla ile ilgili bir araştırma sonucunu okudum. Kız ve erkek çocuklarını oyun oynarken kayda almış, sonra incelemişler.

Kızlar için oyunlarında önemli olan iyi ilişkiler kurmakmış, kazanmak kaybetmek gibi bir düşünceyle oynamıyorlarmış. Erkek çocuklar içinse oyunlarında kazanmak önemli oluyormuş. Kızlar evcilik gibi ilişkilere yönelik oyunları tercih ederken, erkek çocukları güç gösterisinde bulanmaya olanak veren oyunları tercih ediyorlarmış.

Kızlar kimseyi kırmamak adına oyununa katılmak isteyen herkese oynama hakkı tanırken, erkek çocukları oyunu iyi bilen ya da güçlü olanı oynatıp, güçsüzleri oyundan çıkartarak kenarda oyunu seyretmelerini tercih ediyorlarmış. Bu durumda bile oyundan çıkartılan çocuklar çekip gitmiyorlar, kenardan izliyorlarmış.

Kız çocukları oyun oynarken, erkek çocuklarına oranla daha az kavga ediyorlarmış ama oyunları hep daha kısa sürüyormuş. Oyun oynarken bir anlaşmazlık ortaya çıktığında kız çocukları oyuncaklarını toplayıp dağılıyorlarmış. Küstüm oynamıyorum durumları...

Erkek çocukları oyunlarında kız çocuklarına göre daha fazla kavga ettikleri halde, kavgayı bir şekilde sonlandırıp, oyunlarına devam etmeyi başarıyor, daha uzun süre oynuyorlarmış. Erkek çocuklarını arkadaşlarına kızsalar da oyunu terk etmek yerine mücadeleyi tercih ediyorlarmış.

Bu araştırma sonucu sizlere de tanıdık geldi mi? Çocuklar büyüdükleri zamanda aynı oyunların bir benzerini hayatlarında devam ettiriyorlar.

Kadınlar evlilik hayatında sorunlar olduğunda, üzüldüğü ya da kızdığı zamanda küçük bir kız çocuğu gibi hemen küstüm oynamıyorum durumlarına giriyorlar. Kadınlar için ilişkiler çok önemli, bu her zaman her yerde fark ediliyor.

Kadınlar, kadın erkek ilişkileri üzerine yazılan kitapları alıyorlar, seminerlere katılıyorlar, psikolog ya da ilişki danışmanlarına gidiyorlar; fakat öğrendiklerinden pek faydalanamıyorlar, çünkü istikrarlı olamıyorlar. Bir hevesle bir şeyler yapmaya başlıyorlar heveslerini kıracak bir şey olduğunda duygusal ve kırılgan oldukları için hemen vazgeçiyorlar. Küstüm oynamıyorum!

Mesela kadın daha süslü bakımlı olmaya karar veriyor, saçını boyatıyor, süsleniyor. O akşam kocası saç renginin değiştiğini fark etmiyorsa ya da giyinmişsin bir yere mi gideceğiz gibi bir şey söylüyorsa ya da eh işte fena olmamış gibi bir şey söylüyorsa ya da iyi hoş olmuş da keşke bir de zayıf olsaydın (Erkeklerin çoğu kadınlarla nasıl konuşacaklarını bilmiyorlar.) gibi kadının moralini bozacak bir şey söylüyorsa kadın "Benim kocam bir odun, boşuna uğraşıyorum." diye düşünerek gidip eşofmanlarını üstüne geçiriyor ve bir daha kolay kolay kocası için süslenip hazırlanmıyor. Küstüm oynamıyorum...

Bana gelen örneklerden birkaçını size aktarayım. Bir hanım yaptığı pırasa yemeğini eleştiren kocasına kızıp beş yıl bir daha pırasa pişirmemiş. Akşam kocası gelmeden önce onun için hazırlanıp süslenen başka bir kadın, giydiği mini etek için kocası "Çocuklarımız büyüdü, onların yanında bu kadar kısa etek giyme." dediği için o günden beri kocası eve geleceği zaman üzerine bir namaz eteği geçiriyormuş. İlk gece kocasından önce onu öpen karısına kocası "önce erkekler öper" deyip çıkıştığı için kadın kırk yılı geçen evliliği boyunca kocasını bir daha kendi öpmemiş. Başka bir kadın da aldığı birkaç kilo fazlalığı için kocasının "patates gibi yamuldun" sözü üzerine kocasından geceleri kaçmaya başladığını anlatmıştı.

Erkeklerin ilk vazifesi kadınlarla nasıl konuşulması gerektiğini öğrenmek olmalı.

Erkekler kadınlarla konuşurken onların hassasiyetlerini, kırılganlıklarını unutmadan, eleştirmek yerine övgülerle eşlerini teşvik ederler, değerli olduklarını hissettirirlerse her şey daha güzel olacak.

Kadınlar da bu küstüm oynamıyorum durumlarına girmemeye çalışsalar, biraz daha istikrarlı olsalar, alınganlık huylarından kurtulabilseler, her şeyi gurur meselesi yapmasalar, eşlerini değiştirmek yerine, kendilerini değiştirebilseler çok daha mutlu olacaklar gibi görünüyor.

Kadın-Erkek Farklılığı

Yaradanımız, kadını ve erkeği birbirinden çok farklı yaratmış. Fakat bizler ısrarla bu farklılığı kabul etmek istemiyoruz. Bunun neticesi de kadınlar erkekleri kadınlaştırmak, erkekler de kadınları erkekleştirmek için uğraşıp duruyor. Herkes diğerini kendine benzetmeye çalışıyor.

Allah'ın bizi farklı yaratmasında bir hikmet vardır mutlaka ama bizler hikmeti günümüzde başarıyla eziyete çevirmiş durumdayız. Kadın ve erkek bir elmanın iki yarısı derler. Öyle olsaydı hayat çok sıradan olur, hiç çekilmezdi. İki cinsin birbirini çekmesi, farklı olmalarından kaynaklanıyor aslında.

Erkekler de kadınlar gibi duygusal olsalardı dünya ne durumda olurdu düşünmek bile istemiyorum. Ya da kadınlar erkekler gibi mantık ağırlıkta olsalardı, yaşamanın hiçbir zevki kalmazdı. Farklılığı kabul etmenin kadın erkek ilişkilerine çok faydası olacaktır diye düşünüyorum. En önemli faydası iki cinsin birbirine olan kızgınlığını azaltır. Yapılan davranışın kendine karşı değil, karşıdakinin yapı farklılığından olduğunu bilmek insanı rahatlatır.

Örnek vermek gerekirse, kadınlar çok çabuk ağlar. Kadının ağlaması mutsuz olduğunu göstermez. Kadın=Duygu=Gözyaşı şeklinde bir sistem var. Kadınlar yüzlerce sebepten dolayı ağlayabilirler. Mutluluktan, mutsuzluktan, film izlerken, bir ağlayanı görünce, sinirden, çaresizlikten, numaradan, duygusallıktan... Oysa pek çok erkek kadınların ağlamasına sinir olur. Kendileri ağlamazlar ya! Ya da pek çok kadın, erkeğin gözyaşı dökmesini bekler, üzülünce... Gözyaşı göremeyince karşısındakini duygusuz bir varlık var zanneder. Oysa erkeklerin duygularını gösterme yolları farklıdır. Yapı farklılığı...

Mesela ben bir kadın olarak rahat rahat kınanmadan ağlamak isterim. İnsan kendi masal, hikâye yazarken, ağlar mı, ağlıyorum. Duygusal bir şey yazıyorsam kendim kurguladığımı bile bile ağlıyorum. Ağlamayı asla bir zayıflık olarak görmüyorum. Kadının ağlaması sağnak yağmur gibidir. Az sonra güneş açabilir. Rabbim gözyaşı çeşmelerimizin ucunu açık bırakmış. Duygu patlaması yaşayıp içimizde büyütmeyelim, diye olabilir.

Ya da bazen hiç susmadan konuşmak isterim. Pek çok kadın gibi. Farklılık çok, fıtratları zorlamayalım.

Yaratılışımız birbirine benzemediği için empati yaparak birbirimizi anlayamayız. Kadın erkek ilişkilerinde empati yapmamak gerekiyor. Çünkü iki farklı cins. Birbirini "Ben olsaydım" diye anlayamaz. Bu kedinin tavşana bakıp "Et varken otu nasıl yiyor?" diye düşünüp ona et götürmesi gibi bir şey.

Erkekler empati kurmaya kalkarlarsa "Ben kadın olsaydım kocama şöyle hizmet ederdim, böyle yapardım." diye kendi hoşlarına giden şeyleri sayarlar.

Kadınlar "Ben erkek olsaydım karıma şöyle nazik, böyle romantik davranırdım." derler. Herkes kendi hoşuna gideni sayar ve bekler.

Hem biyolojik hem psikolojik yaratılışları farklı olduğu için birbirlerini empati yaparak anlamaları mümkün değil diye düşünüyorum.

Ancak kadınlar ve erkekler birbirleri hakkında bilgi sahibi olup, karşısındakinin hoşlanacağı gibi davranırsa birlikte yaşamaları keyifli ve mutlu olabilir. Bu yüzden en önemli adım, iki cinsin yaratılıştan gelen farklılıklarını bilmek ve kabul etmektir. Sonra da karşısındakinin kişisel özelliklerini tanımak, kabul etmek ve ona göre bir strateji geliştirmek gerekir. Değiştirmeye uğraşmak yerine onunla daha iyi nasıl geçinirim diye yol bulunmalı.

Evliliklerde de mutlaka siyaset olmalı. "Sen sensen ben de benim!" diye odunluk yapmanın hiç lüzumu yok.

Zaten siyaset nedir? Söylediğine inanmasan da yapamayacak olsan da seçmeni mutlu etmek için bol keseden atmak değil mi? Tabi evlilikte çok bol atmamak lazım.

Fazladan atarsan iki tehlikesi var. Birincisi güven sarsılır, ikincisi her an ense kökünde hesap sormak için eşinin nefesini hissedebilirsin. Ama dozunda ve ayarında bir siyaset mutlaka olmalıdır.

Seçim mevsimi yapılan siyasetlere bakın, yüzde birini evinizde uygulayın mutlu olursunuz. Adayların tokalaşırken seçmenlere bakışını kopyalayın, eşinize öyle bakın, size aşık olacaktır.

Her Şey Farklı

Kadın-erkek farklılıkları üzerine bir derleme yaptım. Farkı daha iyi fark etmek için.

Kadın beyni hacim açısından erkek beyninden daha küçük olmasına rağmen, genel kültür ve bilgi birikimi konusunda kadınlar, erkeklerden %3 daha üstün. Bu yüzden çoğu kadının, erkeğini bozmamak için bilerek aptalı oynadığı söyleniyor.

Kadınlar birer 'ayaklı radar'dır. Bu yüzden erkekler onlara yalan söylerken çok zorlanır. Kadınlarda "vücut dilini, mimikleri, cümlelerin gizli anlamlarını algılayabilme" yeteneği erkeklere göre iki katı daha fazla olarak belirlenmiş.

Kadınlar yüksek sesle konuşmayı ve sesli düşünmeyi seviyor, erkeklerse her ikisini de içinden yapmayı tercih ediyor. Bu yüzden kadınlar erkekleri 'duygusuz bencil yaratıklar' olarak görürken, erkekler de kadınları 'sürekli kafa ütüleyen baş belaları' olarak görüyor.

Kadın problemlerini eşine anlatınca kendini daha rahatlamış hissediyor. Erkek ise, kadından duymak istediği şeyi duyamayacağını biliyorsa konuya bile girmiyor.

Konuşmak ve kelimeleri özenle seçmek, erkek beyninde özel bir yetenek değil. Bu yüzden erkeklerin çoğu kendilerini sözcüklerle ifade etmekte zorlanır.

Çoğu kadının erkeğini terk etme nedeni ondan somut anlamda fazla şey alamaması değil, erkeğin onun duygularını anlayamadığını düşünmesi.

Kadınlar iletişim kurmak için günde 20 bin kelime, mimik ve jest kullanırken bu sayı erkeklerde sadece 7 bin.

Bir kadının eşi ile ilişkisi iyi gitmiyorsa işinde verimli olamıyor. Bir erkek ise işi iyi gitmiyorsa eşiyle yeterli ilgilenemiyor.

Erkek, kadına ay yüzeyine yaptığı seyahatten hemen şimdi döndüğünü anlatsa, kadın hemen orada kiminle olduğunu sorar.

Erkek çok istediği bir şeye bir, kadın hiç istemediği bir şeye iki öder.

Kadının kozmetikleri ve gözyaşları olmak üzere iki tür silahı vardır.

Erkek, önce düşünür, sonra konuşur, kadın önce konuşur, sonra düşünür.

Kadın tehlikeyi sezer, erkek konuşur.

Alışverişte kadın, hep detaylara takılır.

Erkek, özel günleri unutur, kadın bunlara önem verir.

Erkek unutur ve affeder, kadın unutur ama affetmez.

Yeni bir araba alana, kadın önce rengini; erkek cinsini ve modelini sorar.

Kadın kavga çıkmasını istediği vakit konuşmak ister.

Erkek ise kavga etmek istediğinde konuşmaya başlar.

Kadın mutlaka duygularının anlaşılmasını ister.

Erkek ise duygularının anlaşılmasından nefret eder.

Kadın "git" dediğinde erkeğin kalmasını istiyordur.

Erkek "git" dediğinde ise sahiden kadının gitmesini istiyordur.

Kadın gelecek kaygısı duymamak için evlenir.

Erkek evlendiğinde gelecek kaygısı duymaya başlar.

Kadın cevap beklemeden de soru sorar.

Erkek kesinlikle cevap beklediğinde soru sorar.

Kadın "neyin var" dediğinde "hiç bir şey" cevabına inanmaz.

Erkek "neyin var" dediğinde "hiçbir şey" cevabına inanır.

Kadın için "evet" ya da "hayır" gibi kısa cevaplar yetersizdir.

Erkek içinse" evet" ya da "hayır" cevapları "lüzumundan fazla" yeterlidir.

Kadın istemediği bir cevap duyunca yeni sorular üretir.

Erkek istemediği bir cevap duyunca daha evvelki sorularını bile unutur.

Kadınlar almayacak olsalar bile evirir çevirir bakarlar.

Erkekler sadece alacakları şeylerle ilgilenirler.

Kadın, ilerde erkeğinin değişeceğini umarak evlenir, fakat erkek değişmez.

Erkek, kadının değişmeyeceğini umarak evlenir, fakat kadın değişir.

Rahat Nefes Almak

Evli pek çok erkeğin şikâyetidir: "Karım, rahat nefes almama fırsat vermiyor." Evli kadınların çoğu da tam aksini iddia eder "Kocam sorumsuz, iş çıkışı eve gelmez, arkadaşlarına takılmayı sever."

Kadın kocasına yakın olmak ister, onun her şeyini bilmek ister, iş dışında dışarıda zaman geçirmesin ister. Kadınlar kocası ne kadar yanındaysa o kadar mutlu olurlar. Ne kadar dışarıda ne kadar uzakta ve ondan ne kadar habersiz kalmışsa o kadar da mutsuz olurlar. Erkek de tam aksi biraz özgür olmak, dışarıda zaman geçirmek ister. Tam bir zıtlık var.

Şimdi biraz içinizi rahatlatayım. Bu sorunun psikolojide cevabı var. Kız ve erkek çocuklarının anneyle ilişkilerinden kaynaklanan doğal bir durum, dert etmeyin.

Kız çocuklarının anneye olan bağlılıkları bebeklikten başlayıp uzun yıllar devam ediyor. Erkek çocukları ise iki yaş civarında anneye değil, babaya benzediklerini fark ediyorlar, babalarını örnek alıyorlar ve anneden kopmaya başlıyorlar. Fakat anneyi çok sevdikleri için tamamen de kopmak istemiyorlar. Bu karşıt güçler erkek karakterinin temelini oluşturuyor. Ayrılık ve bağlılık noktası.

Erkek en çok o noktada kadını seviyormuş. Ayrılık ve yakınlığın orta noktasında kendini rahat hissediyormuş. Bu yüzden erkeği tamamen serbest bırakıp "ne halin varsa gör" demek de, çok üzerine gidip "hep yanımda ol, hep evde ol" diye bunaltmak da iyi gelmiyormuş.

Kız çocukları için anneye yakınlık her zaman güvenliği çağrıştırdığı için yetişkin olduğunda da, kadın eşine ne kadar yakın olursa kendini o kadar güvende ve güçlü hissediyor.

Kadınların kendini en çok mutlu hissettikleri yakınlık derecesinde, erkekler kendilerini elleri kolları bağlı ve tuzağa düşmüş hissediyorlarmış. Erkekler yakınlık derecesi arttığında eşinden kısa süreli de olsa uzaklaşma ihtiyacı duyuyorlarmış. (ben erkeğim kadın değilim, biraz ayrılmalıyım durumu)

Bunun doğal bir durum olduğunu bilmeyen kadın, kocasına tam yakınlaşmışken kendini güvende ve seviliyor hissederken, uzaklaştığını hissettiği anda büyük bir hayal kırıklığı yaşıyor. O yakınlık durumu hep devam etsin istiyor. Dün yakınken her şey güzelken bugün niye buz gibi, hangi hali gerçek anlayamıyor. Dün ne güzel erkenden eve gelmişti, bütün akşam benimle ilgiliydi, bugün niye arkadaşlarıyla dışarıda, niye eve gelmedi çözemiyor. O zaman kocasının dengesiz olduğunu ya da gerçekten onu sevmediğini düşünmeye başlıyor.

Kadınların bu durumun sebebini bilmeleri çok önemli. Yoksa kadın "sen yakınlıktan kaçınıyorsun, ben de böyleyim artık" deyip kendi de yakınlıktan kaçar, erkeği umursamaz tavırlara girer, evin içinde yokmuş ya da önemsizmiş gibi davranırsa erkek de eşinden tamamen uzaklaşabilir. Kadın umursamaz davrandıkça erkek de umursamazlıkla karşılık verir. Aslında erkeğin istediği bu değildir.

Karısı onunla ilgili olsun ama onu boğmasın, bunaltmasın, bazen dışarıda zaman geçirmesine karışmasın, söylenmesin, hesap sormasın ister. Yoksa derdi karısından uzak olmak değildir.

Tabi burada dengeyi korumak çok önemlidir. Kadın eşine karışmadığında, erkek, nasıl olsa karım bir şey demiyor, diye her akşam her akşam dışarıda vakit geçirirse kadın sonra isyanlara başlar. Çünkü onun da yakın olma ve güvende hissetme ihtiyacı vardır. İfrat ve tefritten sakınmak lazım.

Bir kadın anlattı. Kocası her akşam geziyormuş ve gece on ikiden sonra geliyormuş. Kadın bütün gün ve akşam çocukların peşinde koşturmaktan yorulduğu için kocası gelmeden uyuyormuş. Kocası gelince onun uyuduğunu görünce sinirleniyormuş. "Niye beni beklemeden uyudun, niye asık yüzle beni karşılıyorsun?" diye. Kadın bir gün dayanamamış "Ben ay dede miyim sabaha kadar ışıldayacak, geç geliyorsun bir de güler yüz bekliyorsun!" demiş.

Bu örnekte erkek özgürlük işini fazla abartmış vaziyette, kadın haklı. Fakat kocası eve biraz geç kaldığı için söylenen, elinden telefon düşmeyen, nerdesin kaçta geliyorsun diye erkeğin başının etini yiyen kadınlar da az değil. O zaman erkek kendini cendereye alınmış gibi hissediyor.

Erkek bazen evdeyken de kimseyle ilgilenmemek, kendi içine çekilmek kafasını dinlemek ister. Bu durumlarda kadının, bir derdi mi var, niye böyle davranıyor, diye üzerine gidip erkeği bunaltmaması gerekiyor. Kadının ve erkeğin yapısını bilmek bunun için çok önemli.

Bir kadın evde konuşmuyorsa, sessiz ve herkesten uzak durmaya çalışıyorsa kesin önemli bir derdi vardır, ilgilenmek lazım. Kocası ilgilenmiyorsa kendini değersiz hisseder ve daha kötü olur. Tam aksi böyle bir durumda erkek ilgiden sıkılır, karısının onun üzerine çok geldiğini evinde rahat nefes alamadığını düşünebilir.

Kadın erkek farklılığını her zaman göz önünde bulundurmak gerekiyor. Aksi halde fıtrattan gelen davranışları, kadın ve erkek, kendi şahsına karşı kasıtlı yapılmış, kişisel bir davranış olarak algılar, bu da aileler de sorunlara sebep olur.

Kadın Dostluğu

"Kadın dostluğu saz çalmak gibidir, kırkından sonra başlayan beceremez." diyor, şair ve yazar Cenap Şehabeddin.

Erkekler genellikle kadınlarla konuşmayı, muhabbet etmeyi pek bilmiyorlar (istisnalar kaideyi bozmaz). Erkek erkeğe sohbeti, muhabbeti tercih ediyorlar. Bu yine bizim toplumumuzdan, çocuk eğitim sistemimizden kaynaklanıyor diye düşünüyorum.

Erkek çocukları büyütülürken, kadınlar konuşuyorsa, en yakın akrabaları bile olsa, hep uzak tutulmuştur. "Sen erkeksin kadın sözü dinleme. Git oğlum, kadın sözü sana göre değil!" diye uyarılır uzaklaştırılır.

Erkek çocuklarında, kadınların muhabbet tarzına bir kulak aşinalığı oluşmuyor. Sonra evlenince karısı onunla uzun uzun sohbet etmek istiyor. Erkek istemiyor çünkü alıştığı sohbet tarzı bu değil ve ayrıca yıllarca onu uygun olmadığı söylenip uzaklaştırıldığı için biraz da küçümsüyor.

Bu yüzden erkek çocuklarını da belli ölçülerde kadın konuşmalarına dahil etmek gerekiyor. Kadınlar "Kocamla doğru dürüst konuşamıyoruz, konuştuğumuz zamanda omzuma vurarak konuşuyor ya da kalbimi kıracak espriler yapıyor ya da ben konuşurken başka şeylerle meşgul oluyor, ya da sadede gel deyip kısa kesmemi istiyor..." gibi çok şikâyet ediyorlar.

Kadınlar kocalarıyla konuşmak, yaşadıklarını paylaşmak istiyorlar. "Eşimle Tanışmayı Unutmuşuz" kitabına aldığım "Nietzche" nin bir sözü vardı. "Aşkın eksikliği değil, arkadaşlığın eksikliği bir evliliği mutsuz yapar.

"Nice aşklar, çiftlerin birbirleriyle arkadaşlık etmeyi bilmemesinden bitmiştir. Kadınların kocalarından en çok beklediği şey arkadaşlık etmektir. Fakat erkek, futboldan, arabadan, siyasetten, memleket meselelerinden konuşmaya alışmışken sonra oturup karısıyla günlük hayattan, mağazalardaki indirimlerden, apartmana yeni taşınan komşunun hasta annesinden, tv programındaki bir olayın özetini dinlemekten, karısını üzüldüğü bir konunun detayını dinlemekten hoşlanmıyor.

Erkek yaratılışı zaten bütüne odaklıdır, detaylar pek dikkatlerini çekmez, bir de toplum olarak uzaklaştırılınca erkek bir kadınla muhabbet edemiyor.

Hz Adem cennette bütün nimetlerin içindeydi, meleklerle arkadaşlık ediyordu ama yine de can sıkıntısı duydu. Allah sohbet etsin diye bir erkek değil, muhabbet etsin diye bir kadın yarattı. Kadın erkek muhabbet etmeyi, birlikte gülmeyi, hayatı paylaşmayı öğrenebilirlerse sorunlar azalacak.

Cenap Şehabeddin "Kadın dostluğu saz çalmak gibidir, kırkından sonra başlayan beceremez." derken buna niyetlenenlerin kırkından önce başlaması gerektiği konusunda uyarıyor. Erkek kırkından sonra "canım, birtanem" demeye alışmak isterken, ağzından sadece "canım bir tane elma çekti" cümlesi çıkabilir.

Erkeklerin bu konuda içlerinden gelmese de eşleriyle konuşmak için, konuşurken güzel hitap etmek için özel gayret göstermesi gerekiyor.

Biraz zorlansalar da bir süre sonra alışacaklardır. Erkek kırkını geçse de yine de ümidini kesmesin, daha fazla zorlansa da insan isterse her şeyi başarır. Aslında en güzeli tabi ki kırkına kalmaması.

Kız kardeşlerin içinde büyüyen tek erkek çocuğu, karısıyla daha iyi bir iletişim kurabiliyor. Ya da tam tersi erkek kardeşlerin içinde büyüyen tek kız çocuğu, erkekleri daha iyi anlayabiliyor.

Her zaman böyle mümkün olmadığına göre erkek çocuklarımızı büyütürken teyzelerin ablaların konuşmalarından fazla uzakta tutmamak, arada bir katmak gerekiyor. "Size ne bunlardan, işiniz yok mu?" diye uzaklaştırmak yerine "Oğlum bu konular kadınlar için önemlidir, bir gün evlendiğinde karınla sen de bu konuları konuşacaksın, konuşurken şunlara şunlara dikkat etmelisin." gibi uyarılar zihninde yer edecek ve bir hazırlık safhası oluşturacaktır.

Kız çocukları da baba, amca, dayılar gibi erkek akrabalar bir araya gelip konuştuğu zaman dinlemeli, gözlemlemeli. Kızlar da erkeklerin konuşmaları hakkında fikir sahibi olmalı ki o da bir gün eşiyle konuşabilsin. Birbirlerine fransız kalmasınlar.

Yoksa kadın erkek iki ayrı dünyada yetişip sonra birlikte tek dünya kurulması beklenince çatlaklar çabuk ortaya çıkıyor.

Gönülsüz Aş

Hani çok güzel bir atasözümüz var ya "Gönülsüz pişen aş; ya karın ağrıtır, ya baş." Ne güzel söylemiş atalarımız. Şu sözün üstüne var ya, kitap yazılır. Hem de süper kişisel gelişim kitabı olur.

Elbiseler bedenimizin örtüsü, bedenimiz de ruhumuzun örtüsüdür. Ruhumuz da bir enerji. Aslında hepimiz bir enerjiyiz. Ruhumuzu da düşüncelerimiz şekillendiriyor. Yaşam enerjimizi düşüncelerimizle üretiyoruz. Ürettiğimiz enerji yaptığımız her işe geçiyor.

Bu gün sinirlisiniz, eşinize kızdınız, canınız yemek yapmak istemiyor ama akşama yemek yapmanız gerekiyor. Bir yandan yemek yapıyorsunuz, bir yandan da içinizden kendinizi aklayıp onu kötülüyorsunuz. "Düşüncesiz adam, ne dediğini bilmiyor, fedakârlık eden hep ben oluyorum, bu kadar iş yapıyorum, hiç ikram olmuyor." tarzında söylenip duruyorsunuz.

Bu sırada bolca negatif enerji ürettiniz. Bu kötü elektrik ne olacak? Bakışlarınızdan, ellerinizde tuttuğunuz kaşıktan yemeğe geçecek. O da yemeği etkileyecek. Yemeğin tadı kötü olmasa bile "Bir şey eksik" diye düşünecek yiyenler ama ne olduğunu bilemeyecekler. Eksik olan o yemeği pişiren kadının gönlü. Fazla olan da yemekteki olumsuz enerji.

Gönülsüz yapılan yemek; yiyenlerin mutlaka ya karnını ağrıtır ya başını. Yemeği yedikten sonra eşinizle bir kavga daha edersiniz. Ya da çocuklarınız sinirle davranışlar gösterir. Vücuda giren o kötü enerji mutlaka tekrar dışarı çıkacaktır.

Niye; aynı tariften, aynı malzemeyle, aynı yemeği, yüzlerce kadın yapsa hiçbir yemeğin tadı birbirinin tıpatıp aynısı olmaz.

Çünkü her kadın kendi enerjisini katar yemeğe. O da yemeğin tadını etkiler.

Bu yüzden sinirliyseniz yemek yapmaya başlamadan önce bir abdest alıp, dua edip öyle başlayın.

İnsanın ürettiği enerjiye (elektrik de diyebiliriz) inanmayanlara inancımızdan deliller getireyim. Nazar nedir? İnsanın kıskançlık, haset ya da aşırı beğenme duygularından dolayı düşünceleriyle ürettiği kuvvetli enerjinin karşıdaki kişiyi çarpıp zarar vermesi, hasta etmesi değil midir?

Eğer kendimizi düşüncelerimizin eline bırakırsak, düşüncelerimizin kölesi oluruz. Peygamberimiz, "kabre girenlerin çoğunun ölüm sebebinin, nazardan olduğunu söylemenin yanlış bir söz olmayacağını" bildirmiştir. Bir hadisi şerifte "Nazar insanı mezara, deveyi tencereye sokar." buyruluyor. Dua ve sadakayla nazarın etkisinden kurtulabiliriz.

Ayrıca etrafınızda çok kişinin sahip olmadığı bir nimete sahipseniz, elinizdeki nimetlerde gözü kalan çok olabilir. Dikkat etmek gerekiyor. Mesela eşi kötü olan birine oturup kendi eşinizi övmeyin. Kıskançlık duygularını köpürtmeyin.

Zarardan korunmak için bol bol dua etmek ve sadaka verip birilerini sevindirmek lazım ki o sevinen kişinin oluşturacağı güzel enerji, kötü enerjiyi bizden uzaklaştırsın.

Sadece biz insanlar değil, evrende her şey enerjiden oluşuyor. Ayın enerjisi, dünyanın enerjisi, hayvanların enerjisi... vs. Kullandığımız eşyalara kadar her şeyin enerjisi var. O enerjilerde bizi kimi az, kimi çok etkiliyor. Mesela çatlak kapları kullanmak mekruhtur.

Evinizde çatlak veya bir parçası kırık eşyanız varsa atın. Olumsuz enerjisi sizi etkilemesin.

Velhasıl sadece yemek pişirmek değil, hangi işi yapıyorsanız yapın, eğer gönülsüzseniz hem kendi başınızı ve karnınızı hem de başkasının başını ve karnını ağrıtırsınız. Bu atasözü, yemek üzerinden söylenmiş ama bunu her şeye uygulayabiliriz.

Karı koca ilişkilerinden tutun, gelin kayınvalide ilişkisine, yaptığınız her işe kadar. İçinizden gelmediği halde eşinizle aranızı düzeltmeye çalışıyorsanız hiçbir şey düzelmez.

Hak Etmek

Cezaevlerinde bir araştırma yapmışlar. Kocasını öldüren kadınlara sormuşlar. "Kocanızı öldürdüğünüz için pişman mısınız?" "Hayır değiliz, öldürülmeyi hak etmişti" demişler. "Mutlu musunuz?" diye sormuşlar. "Hayır mutlu değiliz, dışarıda bir hayat bıraktık." O zaman haklı olmak her zaman mutlu olmayı gerektirmiyor, diye bir sonuç çıkarmışlar.

Yukardaki örnek biraz ağır oldu fakat haklı olmanın, hak almanın insanı her zaman mutlu etmediğini anlatan iyi bir örnek.

İnsan sevdikleriyle girdiği küçük küçük haklılık iddialarının sonunda da mutlu olamıyor öyle değil mi?

Evliler şöyle bir düşünse çabucak bulacaklardır. Ne kadar haklı olup, sonu mutsuz biten durumlarda kaldıklarını...

Bence insan kendine iki dünya kurmalı. Bir sevdiklerimizle ayrı bir dünyamız ve kurallarımız olmalı. Bir de onların dışındakilerle ayrı bir dünyamız ve kurallarımız olmalı.

Hak aramak ve haklı olmak, o dışarıdaki dünya için gerekli. Orada hakkını çiğnetmeyeceksin. Fakat iş sevdiklerine gelince başka kurallar devreye girmeli.

Hakkın önüne mutluluk geçmeli. Sonunda sen ya da sevdiklerin mutsuz olacaksa haklı olman ne işe yarar?

İnsanın özür dilemesine engel olan da "ben haklıydım" düşüncesi değil mi? Niye özür dileyeyim ki ben haklıydım. İyi aylarca küsün o zaman birbirinize. Yiyin gari ömrünüzü. Saatlerce tartışın, tartışın bakalım kim galip gelecek bu haklılık davasında.

İki köylü uzakta, tepede büyükçe bir karaltı görmüşler. Biri kartaldır demiş, diğeri keçidir, demiş. Az sonra karaltı hareket edip uçmuş. Kartaldır diyen diğerine "Gördün mü bak kartalmış, uçtu." demiş. Diğeri iddiasına devam etmiş. "O keçidir, uçsa da keçidir, uçmasa da keçidir." demiş.

Nasıl olsa her tartışma sonunda "Uçsa da keçidir, uçmasa da" iddiasını iki taraf da yürüteceği için tartışmalardan bir sonuç alınamaz. Ben karşı tarafa "haklısın" diye biten bir tartışma görmedim. Gören varsa haber versin. Karşı tarafın haklılığına inanan tartışmaya baştan girmez.

Cezaevlerinde yapılan başka bir araştırmaya göre de, insanları en çok öfkelendiren, suç işlemeye teşvik eden "Ben bunu hak etmedim" düşüncesiymiş. Hak etmediğini düşünen insan öfkesini kontrol etmek te zorlanıyormuş. O bunu hak ediyor ya da ben bunu hak etmedim düşüncesi; öfkenin ve hayatı mahvetmenin en büyük sebebi demek ki...

Ben iyi bir evladım, annemin kırgınlıklarını hak etmiyorum. Ben iyi bir komşuyum, komşumun aksi davranışlarını hak etmiyorum. Ben iyi bir babayım, çocuklarımın bu davranışlarını hak etmiyorum.

Ben iyi bir erkeğim, ailem için çalışıyorum, elimden geleni yapıyorum, suçlanmayı hak etmiyorum. Ben güzel ve fedakâr bir kadınım, kocamın bana böyle kırıcı davranmasını hak edecek bir şey yapmıyorum. Ben saygılı ve düşünceli bir gelinim, kaynanamın kötü davranışlarını hak etmiyorum.

Başkaları için de yapıyoruz bunu. O güzel kadın, aldatılmayı hak etmiyor. O çirkin kadın, yanındaki yakışıklı adamı hak etmiyor. Onlar çok iyi aile bu durumu hak etmiyor. O adam o kötü evladı hak edecek bir şey yapmadı.

Bu düşünceler sadece öfke ateşini körüklemekten başka bir işe yaramıyor. Her öfkelenen cezaevine düşmüyor ama evini, hayatını, cezaevine çeviriyor. Sevgiler zincirleniyor. İnsanlar evlerinde nefes alamıyor.

Üzerinde düşünürsek yaşadıklarımız her zaman hak ettiklerimiz, yaşamadıklarımız hak etmediklerimiz mi olmalı?

Dünya hak ettiklerimizi yaşayacağımız yer midir? Dünyanın sistemi hak etme üzerine mi kurulu? Hayır.

Hak ettiklerimizi yaşayacağımız yer bu dünya değil. Hak ettiklerimiz bir sonraki yaşamda karşımıza çıkacak. Bu dünyada bir sınavdayız. Ben bu soruları beğenmedim, ben bu soruları hak edecek bir öğrenci değilim, diye tepinmenin kimseye bir faydası olmaz, zararı olur.

Hak etme düşüncesi altında hep bir suçlama yatar. Hak ettiğimizi düşünüyorsak kendimizi suçlarız. Hak etmediğimizi düşünüyorsak başkalarını suçlarız. Kimi suçlarsak suçlayalım öfkelenmekten başka hiçbir yere varamayız. Kendimize de başkalarına da öfkelenmemiz zarardan başka bir şey değil.

Hak ettiklerimizi değil, yaşamamız gerekenleri yaşıyoruz. Bizi olgunlaştıracak, çiğlikten kurtaracak hayatı yaşıyoruz. O zaman söylenmeden, şikâyet etmeden yaşamalı değil miyiz? Şikâyet ederek yaşmayı seçersek yaşadıklarımızın içindeki almamız gereken dersleri, incelikleri kaçırırız.

"Hamdım, piştim, yandım." demiş Mevlana. Eğer pişerken şikâyet edersek, tadımızı bulmadan, çabuk yanarız, öyle değil mi?

Kayınvalideler

Merhametli ve sevgi dolu bir milletiz ya... Çocuklarımızın büyüdüğünü ve artık hayatlarının sorumluluğunu almaları gerektiğini bir türlü kabullenemiyoruz. Ömür boyu, küçük bir çocukmuş gibi onları koruyup kollamaya çalışıyoruz. Erkeğin ailesi tarafından yaşanan genel kaygılara bakalım.

Ya karısı güzel yemekler yapıp oğluşunu iyi doyuramazsa, ya çocuğu açlıktan ölürse? Ya gelin, evini iyi temizlemez pislik içinde yaşarlarsa, yavrucuğu mikrop kaparsa? Ya elin kızı kötü kötü şeyler söyler oğluşunu anneciğinden soğutursa?

Ya gelinin ailesi yavrusunun evine çok gelir gider, yer içer, oğlunu batırırlarsa? Ya karısı çok harcar, oğlu mal mülk sahibi olamazsa? Her ihtimale karşı oğlunu koruyup kollaması lazım. Sürekli takip edilir, erkeğe sürekli öğütler verilir. Sanki beş yaşında çocuk...

Gelelim kız ailelerinin genel durumuna. Elin oğlu küçük kızını üzer mi? Kızının canı çikolata şeker isterse kocası alır mı? Kızının şımarıklıklarını çeker mi? Kaynanası küçük prensesine zehirli elma yedirir mi? Onu kül gelin yaparlar mı? Kızının eksiklerini fark edip laf ederler mi?

Onlar da kızlarını sürekli takip eder, ellerinde telefon yol yöntem gösterir dururlar.

Sanki kendi evlerinde kızlarının nazını o kadar çekiyorlardı. Kızları elin evine gidince kıymete binmiştir. "Düştüğün kocaya

Allah yardım etsin." dedikleri kızları, birden bire dünyanın en idareli, en aklı başında gelini olmuştur. İki taraf da görür görür karşı tarafın eksiğini görür. Sonra da evlatcıklarına öğüt vereceğiz diye onları mutsuz ederler.

İki söz, bir büyü yerine geçer, derler. Çok doğru. Gençlerin pek dikkat etmedikleri, önemsemedikleri konular, ailelerin gayretiyle önemli olmaya başlar. "Karın da biraz dağınık" der birkaç kez oğlanın annesi. O günden sonra evin içinde küçük bir dağınıklık bile erkeğin dikkatini çekmeye başlar. Kızmaya, sinirlenmeye başlar. İçten içe de "annem haklı" diye düşünür.

Kızın annesi "Kocana dikkat et, eve biraz geç mi geliyor ne, der." Kadın elinde telefon koca takip etmeye, adamı bunaltmaya başlar.

Bunlar gibi zehirli öğütlerden özellikle erkeğin ailesi çok fazla verir. Kızların ailesi çok ileri gidemez, daha temkinlidirler. İşlerin sarpa sardığını gördükleri anda damadı övmeye başlarlar. Kızlarının yuvasının yıkılmasını istemezler.

Fakat erkeğin ailesinin pek bir çekincesi yoktur. Geline verebildiğin kadar gözdağı vermek gerekir ki şımarmasın, diye düşünürler. Oğullarını gaza getirmeye devam ederler.

Ailelerin, bazen de arkadaşların sayesinde, kadın da erkekte öğüt zehirlenmesi geçirmeye başlarlar. Ne yaptıklarını bilmez olurlar. Ne kadar basit şeyleri sorun ettiklerini, sıradan şeyleri mesele ettiklerini anlayamazlar. Birbirlerini yer bitirirler. Karı koca, anne babaları da olsa başkaları için, asla birbirini kırmamalı. Hayatlarını, başkalarının gelip karıştırmasına izin vermemeli.

Tabi bütün aileler böyle değil. Evlatlarının kurduğu evliliğe saygı duyan, gerekmedikçe karışmayan, gerektiği durumlarda yapıcı öğütler veren aileler de var. Fakat çoğunluk maalesef ki evlatlarının mutluluğuna zarar veriyor.

Erkekler, Annelerinin Yanında Şımarır mı?

Ben kalabalık bir ailede büyüdüm. Babaannem bizimle oturduğu için baba tarafından akrabalarımız bize gelirdi. Ayrıca anneannem hemen yanımızda komşumuz olduğu için anne tarafından akrabalarımızı da orda görürdük. Annemin bir kız, yedi de erkek kardeşi, onların eşleri, çocukları derken oldukça renkli bir çocukluğum oldu.

Anneannemlere dayımlar geldiği zaman biz de giderdik. Genelde eğlenceli geçerdi, yemekler hazırlanır sofralar kurulur, tatlı bir telaş olurdu. Fakat neredeyse her seferinde hangi dayımlar olduğu fark etmez küçük çaplı da olsa bir karı koca tartışması yaşanırdı. Yengelerimizin ortak şikâyeti "Kocalarımız evlerimizde bize böyle davranmıyorlar, sizleri görünce şımarıyorlar." olurdu.

Bu yazıyı okuyan pek çok kadın "Evet doğru, erkekler annelerini görünce şımarıyor, yapmadıkları davranışı yapıyorlar." diyorlardır. Hatta pek çok kadının kayınvalide evine gitmek istememe sebebinin altında bu değişen davranışlar vardır.

Erkekler bu davranış değişikliğini farkında olarak ve planlayarak yapmıyorlar, diye düşünüyorum. Hatta eşleri böyle davrandıkları için eleştiriyorsa buna inanmamakta ve kayınvalideye gitmemek için bahane üretildiği gibi anlamlar çıkarılmakta olabilir. Oysa tam tersi kadın da böyle davrandığı için gitmek istemiyor olabilir.

Çünkü kadınlar, sorunları varsa bile dışarıya karşı mutlu görünmeyi tercih ederler. En yakın arkadaşları ile dertlerini paylaşırlar ama genel görünüm olarak mutluymuş gibi görünmek isterler. Hele mutsuzluğunu sevinebileceğini düşündüğü kayınvalide, görümce, eltilere kısacası kocasının ailesine karşı göstermeyi hiç istemez.

Bir de arada bir sorun yokken kocasının ailesini görünce, onların yanında ona sert erkek havalarında davranması, kadınların zoruna gider.

Kadın başkalarının yanında kocasının ona daha dikkatli daha güzel davranmasını beklerken kocası daha kötü davranmakta. Peki neden? Benim aklıma gelen ilk sebep, erkek annelerinin kıskançlığı. Her ne kadar anneler çocuklarını evlendirmek için can atsalar da erkek çocuklarının eşlerini sevmeleri, iyi anlaşmaları, annelerde oğullarının sevgisi kaybetme gibi gizli bir korkuya sebep olabiliyor çoğu zaman. O zaman da kayınvalideler gelinlerini kıskanabiliyor. Oğlunun en çok kendini sevmesini istiyor. O kadar emek verip büyüttüğü oğlunun, üç gün önce gelen elin kızını tabi ki daha fazla sevmemesi gerekir, diye düşünülebiliyor.

Aynı kıskançlık konusu gelinlerde de oluyor. Kadınlar da eşinin ailesi ile olan muhabbetini, sevgisini kıskanabiliyor. Kayınvalideler meselesi ülkemizde hâlâ ciddi bir sorun. Eskiden birlikte oturulurmuş, sorun çok çıkarmış, şimdi birlikte oturma durumları pek olmamakla birlikte sorunlar hiç azalmış değil. Ayrı evlerde de olsa birbirlerini rahatsız etmeyi başarıyorlar. Bazen sorun kayınvalidelerden kaynaklarınken bazen de gelinlerin ön yargısından kaynaklanmakta.

Genç kızlar kötü kayınvalide hikâyeleri dinleyerek şartlanıyor. Bir gün evlendiğinde de kendine hiç zararı olmasa da kayınvalidenin en masum davranışını ya da sözünü hep kötüye yorumluyor. Eşinin ailesinden sürekli kötülük bekliyor. İyi niyetle kötülük yapmaya çalışan aileler de var ama bu işin çözümü kötülüğe kötülükle karşılık vererek olmuyor. Çünkü arada sevilen ortak bir kişi var. Erkek de iki kadının ortasında hırpalanıyor. Kadınlar da boş yere mutsuz oluyor.

Yaşanmış küçük bir örnek. Kayınvalide oğlu ve gelini ile oturuyor. Oğlunun yakın bir ilde bir işi var, bir günlük gidip dönecek. Orda karısının da akrabaları var. Karısı da gitmek istiyor. Kayınvalide de gelinin o akrabalarından hoşlanmıyor, oğluna karısını götürmemesini söylüyor. Oğlu karısının çok istediğini görünce annesini dinlemeyip karısını götürmeye karar veriyor.

Yola çıkıyorlar, bir saate yakın gidiyorlar artık varacakları yere yaklaşmışlarken karısı "Gördün mü annen nasıl da mor oldu, arkamızdan baktı kaldı." diyor. "Demek sen annemin mutsuz olmasından mutlu oldun" deyip kocası anında arabanın yönünü çeviriyor ve o kadar yolu gerisin geriye dönüyor ve karısına eve bırakıp kendi aynı yolu tekrar gidiyor .

Öncelikle gelini de kayınvalidenin de kalpte ikisinin sevgisinin yerinin farklı olduğu unutmaması gerekiyor. Anne sevgisi farklı, eş sevgisi farklı. Kayınvalide de kıskançlık varsa oğlu ile gelini arasındaki tartışmalar, sorunlar, kayınvalidenin yüreğine su serpebiliyor. Oh oğlumu kaybetmemişim duygusu. Bunu hisseden erkek de annesini mutlu etmek için onun yanında eşine biraz sert davranabiliyor. Bu da kadını fena halde incitiyor. Benim de bir oğlum var, henüz küçük ama umarım ilerde böyle sorunlar yaşamam.

Kadın da özellikle kayınvalidenin yanında daha fazla mutlu görünmek istiyor. Oğullarını kıskanmayan, mutluluğu ile mutlu olan kayınvalidelerin yanında bile oğullar eşlerine sert davranabiliyorlar. Belki orda da annesi beklemese de erkek "anne bak seni daha çok seviyorum" mesajı vermek istiyor olabilir. Ya da ailesine karşı "Ben büyüdüm, sizin küçük çocuğunuz değilim artık, bakın bir kadına hükmedebiliyorum" gibi aileye karşı bir güç gösterisi de olabilir. Böyle durumlarda kadınlar alınganlık etmek yerine birazcık durumu idare edebilirler. Bırakın kocanız ailesinin yanında azıcık şımarsın. Her şeyi gurur meselesi yapmayın.

Fakat erkeğin de durumu abartmaması; karısını rencide etmemesi gerekiyor. Erkeğin eşini ve annesini ustaca idare etmesi için iyi bir siyaset izlemesi lazım. Birbirlerinin olmadığı yerde ikisine de mavi boncuk dağıtması iyi olur. Annesine olan sevgisini eşinin yanında olmadığı zamanlarda annesi ile ilgilenerek göstermesi en güzelidir. İki kadını kıskandırmanın kimseye faydası olmaz. Ailesinin yanında eşine sert davranması eşinin annesine düşmanlık beslemesine sebep olur ve sonra ikisinin arasında da en çok erkek üzülür.

Aptallaşan Kadınlar

"Ben genç, güzel, bakımlı bir kadınım. Geçen gün ayak baş parmağımda küçük bir et parçası çıktı. Çok üzülüyorum, bu yüzden kocam beni aldatabilir mi, ne yapmalıyım?"

Yukarıdaki büyük dert gerçektir, bir kadıncağıza aittir, uydurulmuş bir sorun değildir. Biraz uç bir örnek gibi görünse de (bana öyle görünüyor) günümüz kadınlarının durumunu gözler önüne seren bir örnek.

Yukarıdaki kadının derdi, eşine ve evliliğine olan güveni ne kadar da içler acısı. İnsan paranoyak olur böyle. Ay bugün yüzümde sivilce çıktı, kocam başka kadınlara bakar mı acaba? Ay bugün belim ağrıyor kocamın gönlü genç bir kıza kayar mı ki? Eskiden evlenilirken ölene kadar diye niyet edilirmiş.

Şimdi erkekler "Genç ve güzel olduğun sürece," kadınlar "Paralı olduğun, beni rahat ettirdiğin sürece" gibi niyetlerle evleniyorlar galiba.

Kadınlar üzerindeki güzel olmalısın baskısı, küçük kızları çok etkiliyor. Yetişen nesil güzellik budalası gibi kafayı görünüşüne takmış. Beyaz ekmek gibi kadınlar türüyor. Görünüşü güzel içi boş. Buğday, kepeğinden ayrılırken gençlik ve güzellik iksiri, hayat vitamini olan E vitaminini kaybeder, beyaz un ekmek haline geldiğinde karın doyuran güzel bir posaya dönüşür. Kadınlar da sadece bir bedene dönüşme gayretindeler sanki.

Her kadın güzel olmak ister. Bunun için de kendine bakar, bu gayet normal. Anormal olan güzellik ile değerin eş tutulmasıdır. Güzelsen varsın, güzelsen değerlisin mesajı çok tehlikeli. Bu mesaj, "güzelsen erkeğini elinde ancak tutarsın" mesajına dönüşüyor. Kadın güzel ama biliyor ki dışarıda daha güzelleri var. O zaman kadın eşini kaybetme kaygısı yaşamaya başlıyor, güzellik bir takıntı haline geliyor. Kadın eşini başkasına kaptırmamak için ekrandaki güzellerle rekabet etmeye çalışıyor, görmediği tanımadığı ama var olduğunu bildiği dışarıdaki yüzlerce düşmanla rekabet etmeye çalışıyor.

Fakat şartlar adil değil. Cebinde daha fazla güzelleşmek için parası yok. Kuaförler pahalı, botoks pahalı, yağ aldırmak pahalı, silikon pahalı, estetik pahalı. Onun daha güzel olmasını talep eden kocası daha fazla para vermeye gelince söylenmeye başlıyor. Erkeğe göre becerikli kadın para harcamadan daha güzel olabilen kadındır. O zaman erkek kendi karısına masraf etmek yerine başkasının masraf ettiği kadına bakmayı, uzanabiliyorsa tutmayı tercih ediyor.

Hele kadın kiloluysa baştan kaybediyor. Herkes "O da o kadar yemeseydi, kendine baksaydı" deyip kadını suçlamaya başlıyor. Bu kadınların hepsi çok yediğinden mi kilo alıyor acaba? Çok yediği için kilo alan kadınlar var tabi. Gerçi iyi yemek yapan bir kadının kilo almaması mucize. Mutfaktan çıkmayan, akşam kocası ve çocukları için mükellef yemekler yapmak için uğraşan bir kadın yaptığı yemeklerin sadece tadına baksa bile kilo alır.

Bir de ailesiyle birlikte oturup yiyince kilo kaçınılmaz oluyor. Akşama iyi bir yemek çıkarmasa biliyor ki eşinin ve çocuklarının söylenmeleri bütün akşam bitmeyecek. O da biliyor ki sağlık açısından da güzellik açısından da en doğrusu zayıf olmak ama gerçekler her zaman hayata uymuyor. Ona da toplum içinde, ne çok yemiş pis boğaz, bakışları altında suçlu suçlu do-

laşmak kalıyor. Fakat herkes çok yediğinden kilo almıyor. Kimi astım tedavisi yüzünden sürekli kortizon kullanmak zorunda, kortizon kilo yapıyor. Kiminde hormon bozukluğu var, hormon ilaçları kilo almalarına sebep oluyor.

Büyük bir çoğunluğu erkeklerin aldırış etmemesi yüzünden doğum kontrol hapları, aylık iğneleri, deri altı bantları gibi nüfus planlaması üzerine yıkıldığı için bu ilaçların yan etkisi olarak kilo almakta. Kimi peş peşe gelen doğumlardan almış kiloyu. Bütün bu gerçekler öncelikle kendi eşi tarafından göz ardı edilip, o da zayıf olsaydı deyip çıkıyor herkes.

Çocuğu olmadığı için yıllarca hormon tedavisi neticesi kilo almış bir kadınla tanışmıştım. Tedaviden sonra çocukları olmuş, kilolarda üstüne kalmış. Tedavi başlayana kadar incecikmiş. Kısa süre önce başından geçen bir olayı anlattı bana.

Eşiyle birlikte kalp rahatsızlığı için doktora gitmiş. Doktor eşine "Karınız çok kilolu, yerinizde olsam bu kadını boşardım." demiş. Eşi de "Boşayamam teyzemin kızı." demiş. Yani akraba olmasa koyacak kapıya. Bu kalpsiz kalp doktoruna ne demeli? Kadıncağız "Nasıl sinirlerim bozuldu, nasıl üzüldüm." dedi.

Eğitim insanı adam etmiyor, sadece diploma sahibi yapıyor maalesef. Kadına bir doktor olarak değil bir erkek olarak bakıyor. Sana ne hastanın evlilik hayatından, kalpsiz kalp doktoru! Sen bari böyle bakma.

Toplumda oluşan bu güzellik ve zayıflık sendromu yüzünden kadınlar kaygıya kapılmakta. Kaygının insandaki en önemli etkisi kişiyi aptallaştırmasıdır. Kaygı mantıklı düşünmenin önüne ket vurur. Kaygılandığınız anda en iyi bildiklerinizi bile unutur, aptalca hatalar yaparsınız. Sonra kendinize şaşar kalırsınız. İşte bu sebepten kaygılı kadınlar aptallaşma yolunda hızla ilerliyor.

Erkekler Duygusuz mu ?

Bu soruya pek çok kadının "evet" dediğini tahmin ediyorum. Günümüzde kadınların erkeklerden beklentileri artmış durumda. Filmler ve diziler sayesinde kadınların zihninde süper erkek modelleri çizilmiş durumda. Yakışıklı-Başarılı-Güçlü-Duygulu-Duyarlı-Esprili-Romantik-Zengin ve bütün bunların yanında ölesiye tek bir kadını seven, başka kadınları gözü görmeyen bir erkek...

Bütün bu özellikler sadece filmlerde olabilir. Fakat gerçek hayatla diziler, filmler fazlasıyla iç içe geçmiş durumda. Böyle erkek bekleyen kadınlar daha çok hayal kırıklığına uğrarlar. Kocasını böyle yapmaya çalışanlar da ellerindeki hazır kocalarından olurlar.

Psikologlara gidip "Kocam filanca dizideki adam gibi yapmıyor." diye şikayetlerini onların üzerinden anlatan kadınlar türemiş. Hacca giden bir hanım anlattı. Bir Arap kadın "Sizin Türk erkekleri dizilerdeki gibi eşlerini kucaklarında taşırlar mı?" diye sormuş.

Tabi ki medya sadece kadınları etkilemiyor. Erkekler de eşlerini televizyonda, gazetede gördükleri çekici, bakımlı ve her daim güler yüzlü kadınlar gibi görmek istiyorlar. Onların da kadınlarla ilgili beklentileri yüksek. Bir de iş hayatında etrafları, bakımlı çekici kadınlarla çevrili (onların ev hallerini, cadılıklarını görseler belki bir daha yüzlerine bakmazlar) evine gidince işlerden çocuklardan bunalmış eşlerini görünce gözleri dışarıda kalıyor.

Gelelim sorumuzun cevabına. Erkekler duygusuz mu? Tabi ki değil. Neden böyle görülüyor? Kadın-erkek farklılığının en önemlilerinden biri; kadınlar, erkeklere göre daha duygusal yaratılmışlar. Erkeklerde mantık, kadınlarda duygu ön plandadır. Tabi bu kadınlar mantıksız, erkekler de duygusuz demek değildir. Birinin diğerine göre biraz daha fazla olduğunu gösterir. Bu ilişkilerde her zaman unutulmaması gereken çok önemli bir gerçektir.

Yaratılıştan gelen farklılıklar var fakat bu farklılıklar toplum tarafından abartılıyor. Mesela erkek çocukları yetiştirilirken "erkekler ağlamaz, erkekler üzülmez" gibi onların duygularını bastırmaları öğretiliyor. Yetişkin olana kadar duygularını göstermeyi zayıflık olarak gören, duygularını bastırmayı öğrenen erkek, bir kadınla muhatap olunca ondan her şeyi değiştirmesi bekleniyor.

Erkeğin birdenbire duygularını göstermesi, duygusal davranması, romantik erkek olması bekleniyor. Yıllarca duyguların, saklamayı öğrenen erkek için çok da kolay bir şey değil bu. Belki bir kızla tanışma aşamasında ya da nişanlılıkta kendini zorlayarak duygularını göstermeyi başarıyor fakat evlendikten sonra çocukken öğretildiği gibi duygularını gizlemeyi tercih ediyor.

Erkekler; duygusal olmak zayıf olmaktır diye yanlış öğreniyorlar. Evlilik hayatı içinde kadın eline düşme korkusuyla, güçlü erkek olarak görünmek için duygularını gizliyor. Zaten yaratılışında mantık ön planda, bir de toplum baskısıyla duygular bastırılıyor.

Erkek çocuklarına duygularını göstermenin ayıp olmadığını annesi öğretmelidir. Ailelerde kibar erkekler, kılıbık diye tanımlandığı, erkek çocukları erkekler ağlamaz diye büyütüldüğü, duygularını saklaması gerektiği öğretildiği sürece bu sorunlar devam edecek gibi görünüyor.

Madem ki ailelerin, medyanın, çevrenin olumsuz etkilerini bertaraf etmekte başarılı olamıyoruz, o zaman birazcık zorlanmak gerekiyor. Kadınlar biraz daha bakımlı, erkekler de biraz daha romantik olma gayreti içinde olmalılar.

Fakat romantik olma gayretini erkeğin kendinin göstermesi gerekiyor. Kadın erkekten bunu istediği ya da zorladığı zaman erkek beğenilmediğini ve karısı tarafından yetersiz görüldüğünü düşünüp karısından uzaklaşıyor. Erkekler beğenildiği ve takdir gördüğü sürece daha iyi olmaya çalışıyorlar. Eleştirildiği ve düzeltilmeye çalışıldığı sürece kaçıyorlar.

Erkeklerin, kadın duygusallığını göz önüne alıp, fıtratlarında olan fakat toplum tarafından baskılanan duygularını ortaya çıkarmaları, günümüzde daha mutlu aileler kurulması açısından önemli. Erkeklerin işlerine kendilerini biraz fazla kaptırmaları da ailelerine zaman ayırmalarına engel oluyor. Kadınların en büyük şikâyeti eşlerinin işten vakit bulup ailesine zaman ayırmaması. Erkeklere de sorarsak onlar da, ailemiz için onları daha iyi şartlarda yaşatmak için daha fazla çalışıyoruz, diyeceklerdir.

O zaman erkeklere bir zenginlik formülü verelim. Formül bana ait değil. İşte size sevgili peygamberimiz Hz Muhammed'den bir zenginlik formülü:

"Allah erkeğin eşi ile muhabbet etmesinden memnun olur, bundan dolayı ikisine de sevap yazar. Ve rızıklarını artırır."

Allah, bir evin rızkının bereketini, karı koca muhabbetinin içine gizlemiş. Niye ülke olarak krizdeyiz? Evlerde muhabbet kalmadığı için. Peygamberimizin sözüne baktığımız zaman, erkek iki saat daha fazla çalışacağına evine iki saat daha önce gelip eşiyle muhabbet etse aslında daha çok kazanacak.

Güzellik ve Kadın

"Kadının tek bir yeri güzeldir, o da dışı. Hani derler ya, 'Mühim olan ruh güzelliği! Tamamen karşıyım. Kadının tek bir yeri güzeldir, o da dışı! Gerisi beni hiç alakadar etmiyor... Salak kadınlar harikadır. Hiç yormaz seni!" diyen bir gazete yazarımız var çok okunan.

Böyle söyleyen yazar, kadınlarla yapmaktan hoşlandığı şeyleri saymış. "Birlikte film izlemek, tiyatroya gitmek, açılışlara katılmak, deniz kenarında yürümek vb." Yukarıdaki söyledikleriyle birleştirince sanki kadın değil süs köpeği tarif ediyor. Tasmasından tutup yanında gezdirecek, insanlara bu benim diye gösterecek, köpek de şirin şirin minnetle ona bakacak. Salak olması gerekiyor ya.

Kadının dışı önemli gerisi beni hiç ilgilendirmiyor, diyor. Süper değil mi? Erkeğin kolunda bir aksesuar. Kadına bakış açısına bakın. Bu konularda yazar maalesef ki tek değil, böyle düşünen erkekler de çoğunlukta. Kimine göre de kadın güzel olsun, yemek yapsın, erkeğin işini görsün, çocuk doğursun yeter. Daha fazlasına gerek yok.

"Bir çok akıllı adamı aptal kadınlarla görebilirsiniz, ama akıllı bir kadını aptal bir adamla göremezsiniz." demiş Erica Jong.

Buradan çıkan sonuç şu oluyor. Bazı erkeklerin gözünde kadınların değeri, görüntüsü kadardır. İşin kötüsü bu fikir ya da fikirsizlik öyle yayılmış vaziyetteki kadınların çoğu da bunu kabul etmiş durumda. Aklı, süsten, güzelleşmekten başka hiçbir şeye çalışmayan salak genç kızlarla dolu ortalık.

Tek kültürleri güzellik. Nasıl diyet yapılır, nasıl daha zayıf görünebilir, hangi model ya da hangi renk ona gider, orasını burasını daha büyük nasıl gösterebilir? Saç düzleştiriciyle ütülediği saçları bozulmasın diye odun gibi yürüyen yere eğilip yere bakmaya korkan süper zeki kızlarla dolu etraf.

Bu arada haksızlık olmasın başörtülü kızları da bunun dışında tutamayacağım. Onların da çoğunun içi boş. Tek farkları başlarındaki örtüleri. Onun dışında fark görmek çok zor. Elinde cep telefonu ya da msn başında, boş kafalardan çıkan boş laflar. Kısacası bu memleket bu hale nasıl geldi, bu kızların kafası nasıl boşaltıldı bilmiyorum ama kimler hangi planlarla gerçekleştirdiyse doğrusu çok başarılı bir plan.

Bu arada erkeklerin gözü aydın. Etraf güzel, bakımlı ve salak kızlarla dolu. Seç beğen al.

Tabi bütün erkekleri genellemek haksızlık olur. Bakın Napolyon ne demiş:

"Güzel kadın gözü, iyi kadın gönlü okşar." demiş. Eee sadece gözünü düşünerek seçim yapanların gönül kırıklığına razı olması gerekiyor demek ki.

"Güzel kadın bir mücevherdir, iyi kadın ise bir hazinedir." demiş Bostan ve Gülistan'ın yazarı Sadi-i Şirazi de.

Bir de gazeteci merhum Kazım Kanat'ın yazısından küçük bir bölüme bakalım:

"Erkekler, akıllı kadın sevmez." gibi yaygın olan bir düşüncenin aksine, biz erkekler, bizi düşündüren, zekâ kapasitemizi zorlayan kadınları severiz. Kabul ediyorum zordur akıllı kadınlar, ama kendi adıma söylemek isterim ki hep zor olanı seçtim. Göçebe bir kavmin çocuğuyum ben. Kolay işler bana göre değil. Onca yaşımdan sonra denizlere açıldım. Deniz ve kadın birbirine benzer, o yüzden mi bilmem; denizin hırçın olduğu zamanları severim.

"Ne güzeldir âşık olduğunuz insanın sizi güldürüyor olması... Sevdiğinizle birlikte söyleşip, yürek dolusu gülüşmek... Ben, beni güldüren kadınları sevdim hep. Güldüren kadının akıllı olduğunu bilirim. Gülmek de güldürmek de öyle kolay değildir. İkisini de yapmak zekâ ister, birikim ister. İyi bir espri yapacaksınız ve karşınızdaki de bunu anlayacak."

Kazım Kanat, pek çok erkeğin başta kendi mutluluğu için ne kadar önemli olduğunun farkında olmadığı bir konuyu fark edip çok güzel anlatmış. Demek ki her erkek kolayı seçmiyor. Ayrıca pek çok kadının da en büyük sıkıntısı kocasıyla konuşup gülüşememek. Hayatlar öyle bir hale gelmiş ki konuşacak zaman bulamıyorlar ki gülüşsünler.

Ayrıca salak bir kadın istemek bir erkek için büyük cesaret doğrusu. Ne demiş atalarımız "Aptaldan öpücük alacağına, akıllıdan tokat ye." Çünkü aptalın neyi ne zaman yapacağını belli olmaz. Bir gün yüzündeki sineği kovalayayım derken seni öldürebilir.

Bir atasözü daha "Ahmak dostun olacağına akıllı düşmanın olsun." demiş atalarımız. Bence de erkeğin de kadının da aptalı çekilmez. Hele erkeğin aptalı hiç çekilmez. Erkeğin akıllısı bile kadın denilen bu değişken ve karışık varlığı çözemezken, aptalı iyice kafayı yer.

Kadının Okuyanı Cadı mı Olur?

"Adamın okuyanı kadı, kadının okuyanı cadı olur." sözünü bir kitapta ilk okuduğumda, aman Allah'ım, kadınlara hakaret eden ne biçim bir söz, diye düşünmüştüm. Daha sonra "Eşimle Tanışmayı Unutmuşuz" kitabını yazarken kadınlarla konuştukça, okumuş kadınların daha mutsuz olduğu dikkatimi çekti.

Okumak sadece üniversite mezunu olmak değildir. İlkokul mezunu hatta ilkokulu bile bitirmemiş olsa da okumayı seven, kendini geliştiren kadınlar da okumuş kadınlar grubuna dahildir. Okumuş kadınların çoğu eşleriyle daha fazla problem yaşayabiliyorlar. Tabi bunu genellememek lazım. Fakat benim böyle bir durum dikkatimi çekti. Başka biri de aksini iddia edebilir.

Sonra bu durumu yukarıdaki sözle bir araya getirdiğimde, bu söz bana anlamlı geldi. Maalesef biz kadınlar okudukça cadılaşıyoruz. O zaman okumayıp cahil mi kalalım? Aslında bilginin bize bunu yapmaması lazım. Sorun nerde?

Bence sorun feminist düşüncenin, okumuş kadınlardaki olumsuz yansıması. Aslında Feminizmin çıkış noktasını düşündüğümüz zaman hepimizin feminist olması gerekir. Feminizm; sanayi devriminden sonra Avrupa'da fabrikada erkeklerle aynı işlerde çalışan kadınların, erkeklerden çok daha az ücret almaları ve toplumda cinsel istismara maruz kalmaları üzerine, kadınların haklarını korumak üzerine başlatılan bir fikir hareketi. Ve gerçekten önemli ve desteklenmesi gereken bir hareketti.

Kadınlar, zamanla büyük mücadelelerle, erkeklerle iş gücünde eşit ücret almayı başardılar. Feminist kadınların cinsel istismara karşı mücadeleleri ise, bazı açıkgözlerin, sömürülen kadın cinselliğini, cinsel özgürlük kılıfında, şekil değiştirerek, topluma servis etmesi üzerine etkisiz kaldı. Bu önemli hareketten geriye de kala kala erkek düşmanlığı kaldı.

Ve feminist düşüncelerin etkisiyle kadınlar erkeklerle güç mücadelesine girdiler. Bu mücadeleyi kazanmak için kadınlar kadınlığını bastırıp erkekleşmeye özendiler. Kitaplar, filmler, diziler, haberler, gazete yazılarıyla kadınlara haklarınızı koruyun, kendinizi ezdirmeyin telkinlerinden etkilenmeyen kadın kalmadı. Kadınlar ezilmemeli ama bunun yolu erkekle güç mücadelesine girmek olmamalı. Yaradan, kadını doğuştan iyi bir iletişim yeteneği, derin anlayış ve kıvrak bir zeka ile donanımlı olarak yaratmış. Fakat kadın erkekleşmeye çalıştıkça bu özelliklerini kullanamaz oluyor. Kendi yeteneklerini kullanıp erkekle iletişime geçse çok daha mutlu olacak ama dışardan gelen sesler çoğu zaman buna izin vermiyor.

Bu durumda erkeklerin de kafası karışıyor. Cahil kadınları beğenmiyorlar, okumuş bilmiş kadınlarla da yaşayamıyorlar. Onlar da ne yapacaklarını bilemiyorlar.

İlimin afeti gururdur. Kendini bilen gerçek alimler, her zaman, ilmin afetinden Allah'a sığınmışlardır. Erkeğin okuyanı kadı olur ama onun da kibirli kadı olma ihtimali yüksektir. Kibirli kadılarla, çok bilmiş cadıların evlilikleri de pek sağlam olmaz.

Biz okumayı seven kadınların, okumaya devam etmesi, bilginin güzelliklerinden faydalanması ama bu arada cadılaşmamak için gelen bilgileri, fikirleri çok iyi bir süzgeçten geçirip bizi nasıl etkilediğine dikkat ederek almamız gerekir, diye düşünüyorum.

Erkek Gözüyle Kadın

Sizler için "Tiryaki Sözler" kitabından Cenap Şehabeddin'in kadınlar üzerine söylediği sözleri seçtim.

İşte şair ve yazar bir erkeğin gözüyle kadın:

"Bir erkeğin aklını çelmeye çalışan kadın, daima işine yarayacak kadar zekâ bulur."

"Kadın ruhuna, gözyaşından çok neşeyle girilir. Usta aşıklar his yerine eğlenceli sözler sarf ederler."

"Bazı kadınlar, birlikte düşmek için birbirlerine tutunurlar."

"Kadının tırnakları 'yırtıcı' da olsa elleri çok iyi 'hasta bakıcıdır.' "

"Kadının her damla gözyaşında daima biraz sevmek ya da sevmemek arzusu karışıktır."

"Seven kadın düşündükçe yanılır ve saçmalar."

"Çok işveli kadın gibi hiç işvesiz kadına da inanmayınız. Çünkü biraz işve, kadın iffetinin tabiatındandır."

"Erkek ister ki sevdiği kadın başkalarının yanında melek, kendine karşı çiçek olsun."

"Kadın kolaylıkla inanır ve daha kolaylıkla da inandırır."

"Kadınlar bitkilere benzer. Gelişme için bazısı açık hava ister bazısı limonluk."

"Eski evlilikleri yenilere tercih ediyorum. Gözü kapalı evlenmek başı dönerek evlenmekten iyidir."

"Sevmekten usanınca erkek kadını terk eder; kadın ise erkeği unutur."

"Bir kadının ruhundaki nezaketini, hizmetçilerine yaptığı davranışlarla ölçebilirsiniz."

"Düşünceleri bile, kadınlar hissetmezlerse, beğenmezler."

"Bir kadını bin türlü sevmek mümkündür. Aşkın hangi şeklini tercih ettiğini bilmelisiniz ki bir kadına arz ettiğiniz sevgi, beğenilir olsun."

"Kadın, erkekten aslan yüreği içinde kuzu itaati ister."

"Güzel ve ahmak kadına dikkat edin! Güzelliği azaldıkça ahmaklığı artar."

"İnsan çok yorgun olmalı ki güzel bir kadının karşısında şiirden başka bir şey düşünebilsin!"

"Bir kadını ev hali ve ihmal edilmiş kıyafetiyle daha güzel bulmuyorsan, boş yere 'seviyorum!' deme."

"Naz, bana kadının isminin küçültülmüşü gibi gelir."

"Bakıyorum kadınlara ahmaklık, erkeklere geldiği derecede tahammül edilmez gelmiyor. Hatta zeki kadınlara bile. Özellikle ahmaklık biraz endamlı ve biraz tuvaletli olursa!.."

"Bizde evlilik şarkılarının belli-başlı nakaratı: 'Terliklerimi ver, pijamamı getir.' "

"Karı-koca kavgası eğer huyların çarpışması değilse, geçici bir sağanaktır. Geçtikten sonra hava daha güzel açılır."

Kadın Olma Hakkı

Kadınlar, süslenince açılıp saçılınca dışı "ben kadınım" diye bağırıyor da içi ne kadar kadın onu biraz sorgulamak gerekiyor. Gerçi bu açıklık kapalılık meselesi değil. Bu bir fikir zehirlenmesi meselesi.

Kendim de dahil etraf erkekleşmiş kadınlarla dolu. Halis muhlis kadın bulmak zor. Kadınlar artık ruhen erkek, bedenen kadın. Kadına başka haklar verilirken maalesef kadın olma hakkı elinden alındı.

Feminist hareketler, kadının hem iş gücü hem de cinsel sömürü aracı olmasına engel olmak için iyi niyetle başlamışken gelinen nokta erkekleşmiş kadınlar oldu. Kadın ve erkek arasında anlamsız ve olumsuz bir rekabet oluştu. Bir hareket, kaynağını dinden almıyorsa, fıtratı reddediyorsa çok çabuk yanlış yollara sapıyor.

Din hiçbir zaman fıtratı inkâr etmez çünkü insanı en iyi Yaradan bilir. Kadınlara hak verelim derken, kadın fıtratını göz ardı edip kadını erkekle yarıştırmaya kalktılar. Biz kadınlarda, güç erkekte, söz sahibi olmak, hak kazanmak için erkek olmak gerek gibi bir algıyla olsa gerek erkekleştik. Fakat fıtratı yıkıp atamadığımız, duygusal yönlerimizi yok edemediğimizden tam olarak erkekleşmek de mümkün olmadığı için kadına özgü yönlerimizi bastırıp erkek gibi davranmaya çalışıyoruz. Bu da hiç kimseyi mutlu etmiyor.

Çocukken cesaretimden dolayı akrabalarımın bana "erkek gibi kız" demelerinden çok mutlu olurdum. Şimdi bakınca yanlış bir benzetme olduğunu düşünüyorum. Sanki kadınlar cesur olamazmış gibi. Oysa tarihimizde ne çok cesur kadın var. Neden onlardan birine benzetilmemişim de erkekliğe özendirilmişim bilmiyorum.

Genç kızken beni etkileyen babamdan aldığım tek iltifat şudur: (Babacığım çok iyi insandır ama pek iltifat etmezdi) "Kızım bugün seni yolda gördüm, çavuş gibi gidiyordun." Aman ne mutlu olmuştum. Şimdi düşünüyorum da niye model olarak bir erkeğe benzetilme var? Mesela babam şöyle diyemez miydi "Kızım bugün seni yolda gördüm, çok hoşuma gitti bir hanımefendi gibi ciddi, vakur yürüyordun." dese daha iyi olmaz mıydı? Çavuşlar evlenince evde komutan olmak için savaş veriyorlar genellikle. İnsan durağan bir varlık değil. Ya yükselir ya düşer. Düşmek istemeyince rütbe olarak yükselmek istiyorsun doğal olarak. Kadınlar böyle yetişince evler de komutanlarla çavuşların harp alanı gibi oluyor.

Beş altı yıl önce benimle yapılan röportajlara baktığım zaman pek çok fikrimin değiştiğini görüyorum. O zamandan beri feminizmin yükünü, ağırlığını üzerimden atmaya başlamışım. Kadın ve erkek aynı kulvarda değil ki birbirleri ile yarışabilsinler. Ne erkek kadını ne de kadın erkeği geçebilir. Yaratılışları çok farklı. Allah ikisini de farklı farklı özelliklerle yaratmış.

Kadınlar erkekleştikçe Yaradan'ın kendilerine verdiği; sezgisel güç, duyguları ustaca anlama, iletişim, işve ve kurnazlık yeteneklerini bir yana iterek eşine karşı boş boş "benim de haklarım var" diye bağırmaya başladı.

Bence bu devirde yapılacak olan şey, kadınların bastırdıkları fıtrattan gelen özellikleri ortaya çıkarması ve kadın olma hakkını kullanması. Toplumda, ailede kadının güç ve hak arama mücadelesi ile gelinen nokta belli. Sürekli her şey daha kötüye gittiğine göre demek ki bir yanlışlık var.

Zaten bu gerçek hiç değişmez. Fıtrata sırtını dönen her zaman boşa kürek çeker.

Detaycı Kadınlar

Delikanlı çok dertliydi. "Sevdiğim bir kız var, onunla evlenmek istiyorum fakat o sürekli ayrılalım sen beni sevmiyorsun, sevseydin beni anlardın, diyor. Ben neyi anlamadığımı anlamıyorum. Depresyona gireceğim, bu konuyu düşünmekten dün gece sabaha kadar uyuyamadım." dedi.

Biraz konuştuk. Ona evlilik kitaplarımı tavsiye ettim. Birkaç hafta sonra bana mail gönderdi. Kitapları okumuş, teşekkür ediyor, artık neyi anlamadığını anlamış.

Pek çok erkek kadınların anlaşılmaz olduğunu söyler ve kadınlar karşısında nasıl davranacaklarını şaşırırlar. Aslında kadınlar anlaşılmaz değildir sadece erkeklere öyle geliyor. Bunun sebebi de kadın ve erkeğin yaratılışlarından gelen en büyük farklılığı iki tarafın da gözden kaçırması. Bu en önemli farklılık; erkekler bütüne odaklı, kadınlar detaya odaklı yaratılmış.

Küçük şeyler, kadınlar için çok önemliyken, erkekler için pek de önem arz etmiyor. Kadın ve erkek birbirini tamamlıyor aslında. Biri bütünü, biri detayı görünce eksik parçalar tamamlanıyor. Aile ve toplumda düzeni sağlaması gereken bu durum neden huzursuzluğa sebep oluyor? İki tarafın birbirini tanımak için bir parça gayret göstermesi yeter oysa.

Küçük şeyler, detaylar önemlidir. Çok güzel bir söz var. "Bir çivi yüzünden bir nal, bir nal yüzünden bir at, bir at yüzünden bir süvari ölür."

Kadın detaycılık yeteneği sayesinde evinde idareyi, çocuğunu büyütürken de anneliği başarıyla yapmakta. Ayrıca kadınların detayı görme yetenekleri toplumda her alanda faydalanılması gereken bir özellik. Bütünün içinde detaylar gözden kaçmışsa o çalışma eksiktir.

Kadınlar ocakta beş çeşit yemek yaparken, bir yandan televizyona bakıp, bir yandan telefonla konuşup, bir yandan çocuğu ile ilgilenebilir. Kadının, gözü, eli, ayağı, çenesi, kafası aynı anda çalışıp farklı şeyler yapabilirler. Ahtapot gibidir kadınlar.

Sevgili peygamberimiz zamanında kadınlar savaşta, barışta, ticarette, ilmi ve sosyal çalışmalarda hep katılımcı olmuşlar. İslam hiçbir zaman kadını eve hapsetmemiş, sadece kadın erkek arasındaki çekicilikten dolayı bir arada çalışma konusunda belli sınırlar koymuş.

Aile hayatında bu farklılığın sorun olmaması için yapılacak olanlara gelelim. Öncelikle kadınların, erkeklerin detaycı yaratılmadığını kabullenmesi lazım. Doğum günümü unuttu, evlilik yıldönümünde bir çiçek bile getirmedi, üzgün olduğumu gördüğü halde anlamak için gayret etmedi. Yemeği yedi, eline sağlık demedi. Hasta oldum bir bardak çay vermedi. Çay getirdi şekersiz getirdi. Onun için saçımı boyattım renginin değiştiğini bile fark etmedi. Aldığım kıyafetin yeni olduğunu fark etmedi....Beni umursamıyor, beni sevmiyor...

Erkek bu gibi konulara dikkat etmediği zaman kadının hemen yüzü asılır, sevilmediğini düşünür. Erkek de kadının yüzünün neden asıldığını anlamaz. Kadın da çoğu zaman niye yüzünün asıldığını söylemez. Aklı yok mu düşünsün bulsun, diye düşünür. Oysa erkek beyni için bunlar hep detaydır, dikkatini çekmez, ona önemli gelmediği için de anlamaz.

Bu yazdıklarıma itiraz eden kadınlar olacaktır. Canı isterse dikkat edebiliyor, nişanlıyken dikkat ediyordu, evlenince aldırış etmez oldu, diyenler çıkacaktır. Doğrudur, erkek isterse dikkat edebilir fakat bunun için özel çaba sarf etmesi gerekir, onun için doğal bir durum değil. Nişanlıyken ilgisi yoğunlaştığı için hassas dönemde bu çabayı gösterir, fakat evlenince hayatın akışı içinde unutur gider.

Erkeğin detaylar konusunda dikkatli olabilmesi için büyütülürken annesi tarafından dikkatinin çekilmiş olması ve o konularda algısının açık olması lazımdır. Ya da doğuştan detaycı bir karaktere sahip olması lazım. Öyle erkekler de var ama istisnalar kaideyi bozmaz. Genel olarak erkekler detaycı değildir. Kadınlar erkeklerden beklenti içinde olmamalı, onlara kırılmak yerine yardımcı olmalı. Kendi için özel günler çok önemliyse hatırlatmalı, ben söyledikten sonra ne anlamı var gibi gurur yapmamalı. Erkeğin fıtratını göz önüne almalı.

Erkekler de her ne kadar kendileri için önemli olmasa da eşi için önemli olan konularda biraz hassas olup gayret etmeli, unutuyorsa not almalı, karısının kırıldığı noktalara "ne var bunda, buna da can mı sıkılır" diye küçümsememeli. Kadın fıtratı için küçük şeyler önemlidir. Küçük şeyler hayata lezzet katar, önemlidir. Yemeğin içindeki tuz gibi. Bütün yemeğin tadını etkiler.

Biraz da Gülümseyelim

Biraz gülümsemeniz için karı koca ilişkileri üzerine yaşanmış olaylardan ve fıkralardan küçük bir demet yaptım. Umarım beğenirsiniz.

Yanık Yemek

Adamın birinin karısı ölmüş, adam yeniden evlenmiş. İkinci hanım ne yemek yapsa adam beğenmiyormuş. "Tadında bir eksiklik var." deyip duruyormuş.

Bir gün kadın yemeği ocakta unutup yemeği yakmış. Kadın; "Şimdi iyice kızacak." diye korka korka sofrayı hazırlamış. Fakat korktuğu olmamış hatta kocası yemeği çok beğenmiş.

"Nihayet sonunda güzel bir yemek yaptın." demiş.

Meğer adamın ilk karısı pek beceriksizmiş, her gün yemeği yakarmış. Adam yıllarca yanık yemek yediği için, yemekte yanık tadına alışmış, yemeği ancak o zaman beğenmiş.

Adalet

Adamın iki karısı varmış. İkisi arasında adaletli davranmaya çok dikkat edermiş.

Olacak bu ya iki kadın aynı gün ölmüş. Adam bütün cenaze işlemlerini aynı anda yaptırmış. Cenazeler yıkanmış, hazırlanmış, sıra kapıdan çıkarmaya gelmiş. Adamı almış bir düşünce. Hangisini önce çıkarsam, diğeri sonraya kalacak haksızlık olacak diye. Aklına iyi bir fikir gelmiş. Hemen bahçe duvarını yıktırmış, diğer kapının yanına yeni bir kapı açtırmış. Cenazeleri aynı anda çıkartmış. Birbirine yakın iki cami de aynı anda namazlarını kıldırmış, yanyana da gömdürmüş.

O gece rüyasında eski kapıdan çıkardığı karısı boğazına yapışmış. "Duuuur bakalım" demiş. "Sen beni eski kapıdan çıkarttın, onu yeni kapıdan çıkarttın, hakkımı helal etmiyorum, ahrette elim yakanda, seni sürüm sürüm süründüreceğim." demiş.

Dört Kadının Faydası

Adamın üç karısı varmış. Bir gün üç karısı birden adama sinirlenmişler evden atmaya karar vermişler. Biri bir kolunu, biri diğer kolunu, biri de bacağının birini tutmuş. Adamı karga tulumba merdivenlerden indirirken adamın boşta kalan bacağı yere çarpıp duruyormuş. Adam "Tüh! Alsaydım dördüncü karıyı o da bu bacağımı tutardı." demiş, o halde daha dördüncüyü almadığına üzülmüş.

Sıcak Kelime

Kadın kocasına, "Uzun zamandan beri bana sıcak bir kelime söylemedin." demiş.

Kocası biraz düşünmüş, "Cehennemde yan..!" demiş.

İsabet

Adam boşanma davası için hakimin karşısına çıkmış ve şikâyetlerini anlatmaya başlamış.

- Karım üç yıldan beri ne bulursa bana fırlatıyor hakim bey.!!

Hakim adamın sözünü keser ve sorar,

- Bu zamana kadar neden bekledin peki?

Adam cevaplar:

- Hakim bey son zamanlarda isabet ettirmeye başladı.

Tembel Gelin

Ailenin yeni gelini hiç iş yapmazmış.

Bir gün yemekten sonra gelinin kayınvalidesi ve kayınbabası, gelini utandırıp iş yapmaya alıştırmak için küçük bir oyun oynamaya karar vermişler. Kayınpeder ile kayınvalide süpürgeyi çekiştirip tartışmaya başlamışlar;

"Ben süpüreceğim, ben süpüreceğim!" diye... Nihayet gelin beklenen müdahaleyi yapmış:

"Aaaa!!! Ne ayıp şey!.. Bir gün biriniz, bir gün biriniz süpürün!... Ne var bunda kavga edecek..."

Öldükten Sonra

Yaşlı adam vefat eder. Cenaze töreninde hoca konuşmaya başlar. Adamın ne kadar dürüst, mert, iyi bir aile reisi, mükemmel bir eş, harika bir baba olduğunu söyler.

Bu övme işi devam ederken gözü yaşlı karısı, çocuklarına dönüp der ki;

- Bir gidip bakın oradaki babanız mı?

Rüya

"Kocacığım" demiş..

"Rüyamda ne gördüm biliyor musun, akşam eve elinde çok şık paketlenmiş bir kutuyla geliyorsun, ben paketi heyecan içinde açıyorum ve içinden ne çıkıyor biliyor musun? Bir inci kolye. Sence bunun anlamı ne olabilir?

Adam gülümsemiş :

"Bu akşam öğrenirsin karıcığım."

Ve adam akşam eve gelmiş, elinde gayet şık paketlenmiş bir kutu... Kadın gözlerine inanamamış.

"Kocacığım sen bir harikasın !!!!!!" diye paketi alelacele açmış.

Bir de bakmış ki "Rüya Tabirleri Kitabı."

Üzüntüleri Paylaşmak

Kadın: "Evlendiğimiz zaman, senin bütün üzüntülerini ve sorunlarını paylaşmak istiyorum."

Adam: "Çok tatlısın hayatım... Ama çok şükür benim hiçbir üzüntüm ya da sorunum yok...."

Kadın: "Ama daha evlenmedik ki....."

Boşanma Sebebi

İki arkadaş oturmuş muhabbet ediyorlardı:

- Karın neden senden boşanmak istedi?
- Bir gün çorapların ne kadar kırışmış dedim.
- Yok canım... Bunun için boşanmış olamaz bence...
- O gün çorap giymemiş de ondan...

Evin İşleri

Vurdumduymaz her işi karısının üzerine yıkan bir adamın evi yanmış. Komşusu koşarak yanına gelmiş.

"Koş efendi, evin yanıyor."

Adam sakince cevap vermiş:

"Evin işlerine karım bakıyor."

Daha Pahalı Ev

"Müjde karıcığım, hani daha pahalı bir evde oturalım diyordun ya, en sonunda istediğin oldu...." dedi.

Kadın: "Taşınıyor muyuz?" diye sevinçle sorunca,

Kocası: "Yok canım, ev sahibi kirayı arttırdı da".

Evliymiş Gibi

Soğuk ve karlı bir gecede tipiden yolunu kaybeden bir işadamı ve sekreteri arabalarını terk etmek zorunda kalırlar ve uzun bir yürüyüşten sonra bir kulübe bulurlar.

Kulübede bir yatak, bir uyku tulumu ve bir yığın battaniye bulunmaktadır.

Sekreter yatakta yatmak ister. Patron da uyku tulumuna girip yatar. Az sonra tam uyumak üzereyken, sekreterin sesi duyulur,

"Efendim, ben çok üşüyorum."

Adam fermuarı açar, uyku tulumundan çıkar, bir battaniye alıp kadının üzerine örter, tekrar uyku tulumuna girer, tam uyumak üzereyken sekreter yine seslenir,

"Efendim, ben hâlâ çok üşüyorum."

Adam tulumdan çıkar, bir battaniye daha alıp kadının üstüne örter, uyku tulumuna girer tam uyumak üzereyken sekreter;

"Ben hâlâ çok üşüyorum" der. Adam yattığı yerden;

"Bir fikrim var." der, "Burası ıssız bir yer. Neler olduğunu kimse göremez, istersen evliymişiz gibi davranabiliriz."

Genç kız kikirder;

"Tamam, olur." der.

Adam yattığı yerden avazı çıktığı kadar bağırır;

Öyleyse kalk kahrolası, battaniyeyi kendin al.

Yorgun Kadınlar

Günümüzde kadınlar genellikle yorgun, bezgin. Ev hanımları da çalışan hanımlar da bitmeyen işlerden, çocuklardan, yardımcı olmayan kocalardan şikâyetçi. Kadınların üstünde cidden büyük bir yük var, kadınların bu yükün bir kısmını atmaları lazım.

Önce bitmeyen ev işlerinden başlamak lazım. Temizlik gerekli ama fazla önem verip temizlikle kendini bitirmemek lazım. Temizliğin her kadın için anlamı farklıdır. Kimi içinden geldiği için, kimi zaruretten, kimi de konu komşuya eşe dosta ayıp olmasın diye yapar.

Evlerin içi genellikle ihtiyaçtan çok fazla, lüzumsuz eşyalarla dolu. Kadınların ömrü bunlara hizmetçilik etmekle geçiyor. Öncelikle fazla eşyaları atın.

Ayrıca pek çok evde, içi eşyalarla dolu, kadının sık sık temizlemesi gereken fakat misafirden misafire nadir kullandığı misafir odaları var. Evin en geniş, manzarası en güzel odası, temizleyip kapatılır, çor çocuk herkes küçücük oturma odasına doluşulur. Akşamları karı kocanın baş başa geçireceği zamanı olmaz. Çocuklar hep anne babanın tepesindedir.

Açın salonların kapısını. El gün, gelen misafirler ne der demeden, içinizi açacak canlı renklerle, rahat mobilyalarla döşeyin salonunuzu. Sonra da rahat rahat tepe tepe kullanın. Şu ölümlü dünyada siz mutlu olmadıktan sonra, siz kullanmadıktan sonra eşyanın ne önemi var? Dünyaya eşyaya hizmetçilik etmeye mi geldiniz??? Aniden bir misafiriniz geldi eviniz dağınık, olsun ne olacak? Sizi kınadı, kınasın ne olacak? Sizi kınayacak zaten dost değildir, sözünün kıymeti yoktur. Hiç aldırış etmeyin. Bütün günü temizlikle geçirip akşam eşinizin karşısına yorgun çıkmayın. Ayrıca sürekli temizlikle uğraşırsanız sürekli de kirlenme korkusu yaşarsınız. Onu oraya atmayın kirlenecek, bunu buraya koymayın dağılacak diye ev halkını tedirgin etmeye de lüzum yok. Değmez üç günlük dünyada. Yılın en temiz kadını diye bir ödül de dağıtılmıyor ayrıca.

Şunu unutmayın ki hiçbir kadın temizlik ve düzeninden dolayı kocasının gönlüne giremez.

Evet erkekler temizlik ve düzeni severler ama bu size ekstra bir puan kazandırmaz. Kadın ne kadar ne yaparsa yapsın görevi gibi algılanır. Erkek için önemli olan karısının kendine karşı davranışı, güler yüzüdür.

Hiçbir erkeğin temiz ama asık yüzlü bir kadın isteyeceğini zannetmiyorum. Belki arada eksik bir şeyler olduğunda eşiniz şikâyetçi olabilir. Çok ciddiye almayın hemen mükemmel ev hanımını oynamaya kalkmayın. Erkekler arada bir söylenmeyi severler. Yorulmuyorsanız, bünyeniz kaldırıyorsa ikisini bir arada yapın. İkisi bir arada olmuyorsa güler yüzlü olmayı tercih edin. Çok temiz, çok becerikli, çok hamarat bir kadın olarak ne kocanıza ne kayınvalidenize yaranabilirsiniz. O kadar emek verip yorulup yaranamayınca da sinir olursunuz. Beklentiniz yükseldikçe mutsuzluğunuz artar. Güler yüzlü olmayı her şeye tercih edin.

İkincisi televizyon programlarının yükünü atın üstünüzden. Sabah kalkıp erkenden açıp kim kimi öldürmüş, kim kimi aldatmış, kim kimin katili, kim kimle kırıştırmış, kim kimle ayrılmış tarzındaki televizyon programlarını asla seyretmeyin. Bu programların kimseye faydası yok, sadece zararı var. Bu programlar moralinizi bozar, canınızı sıkar, sizi paranoyak yapabilir. Bütün gün de aklınızdan çıkmaz, boş yere yaşamadığınız derdin sıkıntısını çekersiniz.

Üçüncüsü yemek yapma faslı. Çok çeşitli yemekler yapmaya uğraşıp, kendinizi helak etmeye gerek yok. Hastalıkların çoğu çok ve karışık yemekten oluyor. Dünyada bu kadar aç insan varken, bu kadar tıkınmaya gerek yok. Öyle televizyon programlarında her gördüğünüz yemeyi denemeye de uğraşmayın. Büyük ihtimal damak zevkinize uymayacak ve eşiniz beğenmeyecektir.

Çocuklar ve onların işlerine gelince bu konuda da çocuklarınıza sorumluluk verin. Üzerinizdeki yükün bir kısmını onlara yükleyin. Kendi işiniz yetmiyormuş gibi bir de onların işlerini yüklenmeyin. Anne babaların görevi çocuklarını mutlu etmek değildir. Anne babaların görevi çocuklarını dünya ve ahiret hayatına hazırlamaktır.

Sorumluluk vermezseniz hiçbir zaman sorumluluk sahibi olamazlar. Yapmayın, yıkın işi üstlerine, mecbur yapacaklardır. Her şeye yetişmeye çalışıp mükemmel anne, mükemmel aşçı ve mükemmel eş olmaya uğraşmayın. (Eşinize iyi bir sevgili olmaya uğraşın) Yoksa erken yaşta yaşlanır, mükemmel bir depresyona sahip olursunuz. Benden söylemesi.

Erkekler çok rahat, hiçbir şeyi takmıyorlar diye söyleneceğinize örnek alın, siz de biraz rahatlayın. Hayat geçiyor.

Sevinsin Diye

Dün güzel bir haber aldım ve bütün gün çok mutlu dolaştım. Hava sıcaktı ve dışarıda işlerim vardı. Gün boyu koşturmama rağmen işlerimi bitiremedim. Ama yine de aldığım sevinçli haberden dolayı, hiçbir şeye sinirlenmedim, enerjim gayet yüksekti.

Ve akşam sevindiğim haber fos çıktı. Bir an üzüldüm. Ne yani bütün gün boşa mı sevindim? Sonra düşündüm sevinerek bir şey kaybetmediğim gibi gayet de mutlu bir gün geçirdim.

Tam bunları düşünürken aklıma "Eşimin Eşi Yok" kitabını yazarken dinlediğim bir olay geldi. Kitabı yazarken elimde kalem kağıt her gördüğüme evlilik üzerine sorular sorup cevapları yazıyordum.

Sorulardan hiç değişmeyen iki tanesi şuydu. "Eşinizin sizi en çok mutlu eden davranışı ve eşinizin sizi en çok üzen davranışı nedir?"

Bir hanımefendi kırk yıllık evliliğinde kocasının onu en çok sevindiren davranışını anlatmıştı. Bir bayram sabahı kocası elini öpen çocuklarına harçlık vermiş. Sonra karısıyla bayramlaşınca ona da harçlık vermiş.

Gerçi o paraya harçlık demek insafsızlık olurmuş. Bir memurun maaşını geçecek miktardaymış. Hanımefendinin hayatında eline geçen en büyük paraymış. Nasıl sevinmiş nasıl sevinmiş. Akşama kadar o parayla neler yapacağının hayallerini kurmuş.

"Bütün gün çocuklar gibi mutluydum." diye anlatmıştı. (Bir kadını mutlu etmek için para ver, yeter demeyin, acele etmeyin) Sonra akşam olunca kocası verdiği parayı geri almış. Meğer o parayı, karısı bayram günü sevinsin diye vermiş.

Çok üzülmediniz mi parayı geri alınca, diye sormuştum. "Hayır" diye anlattı gülümseyerek. "Bütün gün o kadar çok sevinmiştim ki akşam parayı alması bile beni mutsuz etmedi, hayatımda geçirdiğim en mutlu bayramdı." demişti.

O zaman hanımefendinin o bayramı, yaşadığı en mutlu bayram olarak hatırlamasına şaşırmıştım. Ben olsam, en sinir olduğum, en kötü bayramdı, diye anlatırdım herhalde diye düşünmüştüm. Ki ben hayata pozitif bakan, her şeyin iyi yanını görmeyi seven biriyim ama pozitiflikte o hanımefendi kadar olamamışım.

Ta düne kadar. Bütün gün sevinip akşam haber fos çıkana kadar. Sonra, olsun sevinerek ne kaybettim ki diye düşününce bu bayram harçlığı olayını hatırladım. O zaman bu hikâyeye kitapta yer vermedim. Akşam paralar gidince kadının mutsuz olmadığına kimse inanmaz diye düşünüp yazmamıştım hikâyeyi. Fazla uçuk, fazla pozitif olur diye düşündüm herhalde. Belki yazıyı okurken bazılarınız "Adam resmen kadını kandırmış, kadın da pek safmış" diye düşünüyor olabilirsiniz. Fakat kadın, kocasının iyi niyetine inandığı için sonuca takılmamış.

Şimdi düşünüyorum da sonuçlara ne kadar takılıyoruz! Geçmişte yaşadığımız pek çok güzel anı, sonucuna göre tasnifliyoruz. Sonuç kötüyse yaşadıklarımız kötü, sonuç iyiyse yaşadıklarımızı iyi hatırlıyoruz. Yaşadığımız andaki mutluluklar hiç önemli değilmiş, hatırlamaya değmezmiş gibi...

Mesela bir karı koca düşünün. Birbirlerini severek evlenmişler, mutlu güzel günler geçirmişler. Sonra ilişkileri bir şekilde bozulmuş. İkisini de bir dinlesek hep kötü hatıralar, şikâyetler dile gelecektir. Yaa kardeşim mutlu olduğunuz anlara ne oldu? Sonuç kötü ya.. O evlilik kötüdür. Nankörlük dedikleri bu olsa gerek. O yaşanan mutlu günler sonradan sahte günler olarak hatırlanır. Keşke hiç yaşanmasaydı, keşke hep mutsuz olsaydık değil mi?

Mesela akrabalardan biri hata yapar. Hatırlanır da o hata hatırlanır. Onunla paylaşılanlar, geçirilen güzel günler defterden silinir. Cidden biz insanoğlu çok nankörüz.

Gelin bu yazıyı okuyunca geçmişi şöyle bir gözden geçirelim. Sonuçlarına takılmadan, yaşadığımız mutlu anları hatırlayalım ve defterimize güzel hatıralar olarak, iyi ki yaşamışız diye kaydedelim.

Ve bir mutluluğun arkasına üzüntü gelince, üzüntüye takılmaktansa öncesinde yaşadığımız mutluluk için sevinelim. Biliyorum zor; ama imkânsız değil.

Ateşe Yaklaşma

İnternet aile kurumunun üzerinde en büyük tehlike. Hayra da şerre de kullanabiliyorsunuz ama maalesef en çok da şerre kullanılıyor. Üstelik şerre kullanan pek çok kişi öyle kötü niyetli, ahlaksız insanlar da değil. Kendi halinde yaşayan, evli barklı, aile sahibi insanlar. Bilgisayarın başına da "kendime birini bulayım" diye oturmuyorlar.

Kadın ya da erkek, internette iyi niyetli bir şekilde, oturduğum yerden, sosyal olayım çalışması yaparken, sohbet odalarında, arkadaş gruplarında fikir tartışmaları, memleket meseleleri, güncel olaylar hakkında tartışırken birden bire orada fikir olarak en çok uyuştuğu insanla birbirlerini msn adreslerine kaydedip özel konuları, duygusal meseleleri paylaşırken buluveriyor kendini.

Eğer kişi kendi de eşiyle duygusal bir sorun yaşıyorsa "Ne olacak ki konuşmayla, biraz konuşur sonra devamını getirmem." diye düşünüyor. Çünkü hoşuna gidiyor. Eşinden duymadığı iltifatlar, güzel sözler ruhunu okşuyor. Durdu zannettiği kalbi çarpmaya başlıyor.

Fakat her kalp çarpıntısı aşk değildir. İnsan heyecanlanınca da tehlike anında da kalbi çarpar. Aşkla karıştırmamak gerekir. Tehlikenin yanında bir de hoşlanma varsa bunu tutkulu bir aşk zannetme durumu olma ihtimali yüksek. Bilimsel bir araştırma sonucu bu. Tehlike anında tanışan çiftlerin birbirlerini her gördüklerinde kalpleri hızlı çarpıyormuş. Çünkü onu görmek aynı zamanda tehlikeyi çağrıştırıyor. O da birbirlerini görünce kalplerinin çarpmasına sebep oluyor.

Yasak ilişkilerde de her zaman yakalanma korkusu olduğu için kalp çarpıntısı biraz yüksek olabilir. İnternet arkadaşlığı sayesinde kişinin durgun hayatına bir heyecan geliyor. Heyecanla açıyor bilgisayarını, kalbi pırpır ederek okuyor mesajlarını. "Sen başkasın, sen özelsin, seni düşünmeden duramıyorum, kanıma girdin, ruh ikizimsin, eşim hiç anlamadı beni yalnızca sen anlıyorsun, aşkımsın, birtanemsin, sensiz yaşam zindan bana." gibi mesajların ardından "Buluşalım, bir kerecik olsun görüşelim başka bir şey istemem." mesajları gelmeye başlıyor. "Olmaz, bu doğru olmaz, yapmamalıyız, karım duyarsa ayrılır, kocam duyarsa affetmez." çırpınışlarından sonra bir kerecik masumane bir şekilde buluşmaya karar veriliyor.

İlk görüşte birbirlerini çok beğenmeseler de, fotoğrafta daha güzel görünüyordu, diye düşünseler de bunlar önemsenmiyor. Çünkü onlar daha birbirlerini hiç görmeden aşık olmuşlardır. Tabi buluşma bir kerecikle kalmaz.

Yaradanımız Kuran-ı Kerim de "Zinaya yaklaşmayın." buyuruyor. Zina yapmayın değil, yaklaşmayın uyarısı çok önemli. Yaklaştıktan sonra insan her an kontrolden çıkabilir. Ateş ile barut yan yana gelir de masumiyet korunabilir mi? Çok zor. Gelsin arkasına vicdan azabı, günah, pişmanlıklar, gözyaşları, yakalanma korkuları, ayrılmak isteyip vazgeçememeler... Onların getirdiği huzursuzluklar, kavgalar, ayrılıp barışmalar... Bu arada evi, eşi idare etmeye çalışmalar. Tam bir kaos.

Bu yukarda anlattıklarımın devamı, yanlış başlayan iş yanlış gider hesabı farklı şekillerde gelişiyor. Fakat mutlu biteni yok. Ayrılmalar, ayrılamamalar, tehditler, şantajlar, eşlerin çocukların duyup bir aile faciasına dönmesi ve ağır depresyonlar...

En iyi ihtimalle ikisi de boşanıp birbirleriyle evlenseler bile, nikahsız yaşadıkları ilişkiden, işledikleri günahtan dolayı çekecekleri vicdan azabı, aile ve toplum tarafından dışlanmışlık ve çocuklarından ayrılmalarının verdiği mutsuzluk yakalarını bırakmaz. Birlikte yaşamaya başlayınca büyük ihtimalle birbirlerine uygun olmadıklarını da görürler. Aslında yaşadıkları her şeyin sihirli camdaki kelimelerin geçici büyüsü sebebiyle bir yanlış anlama olduğunu görürler.

Evli kadınlar sohbet tuzaklarına daha çabuk düşebiliyorlar. Duygusal boşluk evli bir kadın için mazeret olmamalı diye düşünüyorum. Eşiyle duygusal paylaşımlarda bulunamıyorsa manevi ve sosyal çalışmalarla kendine meşguliyetler bulmalı. İhanetlerle aile kurumu feci halde yara almış durumda. Böyle giderse toplum olarak kısa zamanda çökeriz.

İnternet bekarlar için de tehlikeli. Bekarlar evlenmek, eş bulmak için internette arkadaş arıyorlar ama çoğu hüsranla bitiyor. İnternette tanışıp evlenip kısa sürede boşanan okurlarımdan da mailler alıyorum. Evlenmek isteyenler televizyondaki evlendirme programlarına katılsınlar. Çok ciddiyim, televizyon daha güvenli bence. En azından karşına çıkan kişi hırlı mıdır hırsız mıdır, geç olmadan, bilgi sahibi olma imkânın daha fazla.

Bir evlilik programında gördüm, bir erkek, eş arayan kıza talip olmuştu, az sonra karısı aradı. "Utanmıyor musun orda ne işin var?" diye. Karısıyla dargınlarmış ama boşanmamışlar. Adam nikahtan sonra gidip nüfus cüzdanını değiştirmediği için nüfusta bekar göründüğünden dolayı programa "bekarım" diye katılmış. Fakat foyası hemen ortaya çıktı. Çünkü programı izleyen onu tanıyan birileri olması ve haber verme ihtimali çok yüksek. Ayrıca televizyon ekibi de şüphelendikleri kişileri emniyetten araştırıyorlarmış. İnternetten daha güvenli olduğu kesin.

Velhasıl kimse bu konuda kendine güvenmesin, kimseyi de kınayıp yargılamasın. Tehlike herkesin elinin altında. O zaman tedbir, elimizin üstünde dursun.

Muhabbet

Siz anne babanızın cilveleştiğini hiç gördünüz mü? El ele tutuştuklarını, yan yana sarılarak oturduklarını, birbirlerine sevdiklerini söylediklerini, tatlı tatlı bakıştıklarını gördünüz mü? Ben görmedim. Annemle babamın yan yana oturduklarını bile gördüğümü hatırlamıyorum.

Türk toplumunun genel yapısı maalesef ki böyle. İstisnalar vardır mutlaka ama çoğunluk karı koca çocuklarının yanında birbirlerine yaklaşmaya, dokunmaya korkuyorlar.

Üniversitede okuyan bir genç kız bana şöyle demişti: "Ben ilkokul beşteyken bir kez annem ve babamı el ele tutuşurken görmüştüm. Onun dışında onların birbirlerini sevdiklerine dair bir işaret görmedim. Şimdi gurbetteyim ne zaman anne babamı hatırlasam o el ele tutuştukları görüntüyü hatırlamaya çalışıyorum. O zaman mutlu oluyorum."

Evlilik kitaplarımı evlilere imzalarken karı koca isimlerini birlikte yazıp imzalıyorum.

Geçen gün masanın bir ucunda genç kız karşı tarafında annesi kitap imzalatmak için sıranın kendilerine gelmesini bekliyorlar. Annesinin elinde evlilik kitaplarım var.

Kızı, karı koca isimlerini birlikte yazdığımı fark edince "Anne babamın adını yazdırmayı unutma!" diye annesine seslendi. Annesi cevap vermedi. Annesi tamam diyene kadar birkaç kez söyledi.

Kadınların bu kadar erkekleşmelerinin temelinde biraz da kız çocuklarının ailelerinde doğru örnekler görmemeleri olabilir. Neden aynı evi paylaşan kadın erkek bu kadar birbirine yabancı durabiliyor araştırmak lazım, diye düşünüyorum. Galiba bu bizim kültürümüzle alakalı bir durum. Kültürümüzde fazlasıyla ayıp kavramı var. Neredeyse her şey ayıp. Kültür dinimizi bile bastırmış. Oysa dinimizde müminler arasında muhabbet, karı koca arasında muhabbet hep teşvik edilmiş.

Yaradanımız Oksitosin diye bir hormon yaratmış. Oksitosin mutluluk, sevgi ve bağlılık hormonu. Vücut bunu daha çok dokunmayla üretiyor. Bir de göz göze bakıştığın zaman üretiliyor. Anne çocuğuna dokunduğunda (doğumda en yüksek seviyeye ulaşıyor), baba çocuğuna dokunduğunda, karı koca birbirine dokunduğunda, arkadaşlar birbirine dokunduğunda (yakın arkadaşlar yürürken kol kola girmeyi severler)... Ergenlerde birbirine vurma, el şakası gibi hareketlerin temelinde çoğu zaman bu hormon etkili oluyor.

Müminlerin karşılaştıkları zaman el ele tutuşup musafaha yapması, mescitlerde namaz kılarken omuzlar birbirine değecek kadar safları sık tutmak, sünnettir. Tasavvufta diz dize oturup zikir yapmak tasavvufun adabındandır. Neyi sağlıyor? Müminler arasında sevgi güven ve bağlılığı.

Hamile hayvanlarda yapılan deneylerde hamile hayvanda oksitosin hormonu üretimi azaltıldığında doğum yapan hayvan çocuğu ile pek ilgilenmiyormuş ve en kısa zamanda eşini aldatıyormuş.

Velhasıl konuyu tekrar kadın erkeğe getirecek olursak karı kocanın yatak odası dışında cinsellik olmadan birbirlerine dokunmaları sevgi güven ve bağlılık açısından çok gerekli. Çocuklarına örnek olmaları açısından da çok önemli. Erkeğin sabah işe giderken, akşam eve girince kapıda eşinden bir öpücük alması, akşamları bir kolunun altında çocukları bir kolunu altında karısı, onlara sarılarak televizyon izlemesi ya da kitap okuması sohbet etmesi çok zor şeyler mi?

Değil ama maalesef çoğu zaman karı koca kendileri de öyle görmedikleri için çocukların yanında el ele tutuşmayı, cilveleşmeyi, muhabbet etmeyi ayıp zannediyorlar. Çocuklar anne babalarının ancak kavga ettiğini görüyorlar. Aşk, sevgi, filmlerde ya da evli olmayanlar arasında olur zannediyorlar. Büyüyüp evlendikleri zaman da anne babalarının hayatına benzer evlilikler kuruyorlar. Filmlerdeki aşklara özeniyorlar ama ailede model göremedikleri için öyle sevgi dolu bir hayat da kuramıyorlar.

Sevgili peygamberimiz bir hadis-i şerifinde karı koca muhabbetini bakın nasıl tavsiye edip teşvik ediyor: "Bir erkek karısına, karısı da kendisine baktığı zaman Allah her ikisine rahmet nazarı ile bakar ve erkek karısının elini tuttuğu zaman her ikisinin de günahları parmakları arasından dökülüp gider."

Daha da bunu üstüne söyleyecek bir söz yok.

Şeytanla Alışveriş

Kitap fuarında imzadayım. Bir beyefendi "Eşimin Eşi Yok" kitabımdan aldı, ismini söyledi. "Evliyseniz eşinizin ismiyle birlikte yazayım." dedim. "Evliyim ama karımın isminin yazılmasını istemiyorum. Bir aydan beri dargınız. İsmini kitaba yazdırıp ilk adımı ben atmak istemiyorum." dedi.

İlk adımı atmak, bütün mesele bu. Kibrini kırmak ve adım atmak. Ne kadar ağır gelir değil mi? İlk adımı atmak suçlu olduğunu kabul etmek midir? Ben kaybettim sen kazandın demek midir? Yoksa reddedilme ihtimaline karşı kendini korumak mıdır?

Hele özür dilemek ne kadar zor gelir. Mesela o beyefendi özürden falan bahsetmiyor, özür zaten konu dışı. "Seninle artık dargın durmak istemiyorum." anlamına gelebilecek bir ilk adım davranışı bile ona ağır geliyor.

Kibir şeytanın hazinesidir. Verdikçe artar. Şeytanın cennetten kovulma sebebidir kibir. Pek çok ailede de evi cehenneme çevirme sebebidir. Beklenir ki hep karşı taraf özür dilesin.

Sevdiklerimizle yaşayabileceğimiz nice güzel zamanları, kibir karşılığı şeytana satıyoruz. Karşılığında aldığımız da bizi mutsuz etmekten başka bir işe yarasa bari.

İlk adımı atmak, şeytana "Hayır seninle alışveriş yapmak istemiyorum, kibre ihtiyacım yok, sevdiğimi tercih ediyorum." demektir.

Reklamlar da var ya: Kazançlı alışveriş. Alışverişte kazançlı olanı tercih etmek gerekir.

Sevdiklerimizi kibrimiz için harcamayalım.

Kibir konusunda çok beğendiğim bir halk hikâyesini sizlerle paylaşmak istiyorum.

Kibirli Böcek

Burma Hatun adında güzeller güzeli bir hamam böceği ile kaytan bıyıklı bir fındık faresi birbirlerine aşık olup evlenmişler. Evlendiklerinin ertesi günü köy meydanında davullar vurulmaya başlamış. Meğer beyin oğlu evleniyormuş. Fındık faresi durumu öğrenince pek sevinmiş. Karısına:

"Şansımız varmış hanım. Düğün evinde yiyecek bol olur, ben bir koşu yiyecek bir şeyler bulup geleyim." deyip gitmiş.

Burma Hatun, kocasını düşüncesizliğine çok kızmış. O bekliyormuş ki kocası şöyle desin:

"Hadi Hanım, düğüne beraber gidelim, yiyelim, içelim, oynayalım."

Fakat fındık faresini ilk günden geçim kaygısı almış, karısına "beraber gidelim aşkım" demek aklına bile gelmemiş. Farecik düğün evinde yiyecek bir şeyler bulmaya çalışırken, hamam böceği bir beklemiş iki beklemiş... Sabrı taşmış. Biraz da şüphelenmeye başlamış. Düğün yeri bu. Kim bilir başka kimler gelmiştir? Elde fettan kız çok. Ya onlardan birine gönül kaptırırsa... Beni de götürmedi yanında.

Bu düşünceler onu düşünemez etmiş, duramamış evde. Düşmüş yola. Fakat dışarıda çisil çisil yağmur yağıyormuş. Yerler çamur olmuş.

Davulun sesine doğru kenardan kenardan yürümeye başlamış. Fakat birden ayağı kaymış. Bir atın ayağının açtığı içi su dolu ayak çukura düşmüş. Atın ayak çukuru ona göre kuyuymuş. Zavallı hamam böceği. Zavallı taze gelin. Başlamış çırpınmaya ve can havliyle bağırmaya:

"Koşanlar, uçanlar! Acılar benim olsun, sizin olsun tatlılar..

Bey konağına gidesiniz, beyime haber edesiniz.

Diyesiniz ki; boyu uzun Burma Hatun, saçı uzun sırma hatun, düşmüş derin kuyuya gidip kurtarasın."

Burma Hatun'un feryadını duyan olmamış. Var gücüyle iki kez daha bağırınca mor bir sinek duymuş. Koşup fındık faresine haber vermiş. Fare deliye dönmüş, çıtı pıtı koşmuş.

Varmış çukurun başına seslenmiş hanımına:

"Burma Gelin ver elini çekelek.." demiş.

Kibirli hamam böceği, kocası gecikti diye öfkelenmiş:

"Git başımdan ben senden küselek." demiş.

Fındık faresi, duyar duymaz koşup geldiğini anlatmış.

"Hadi şimdi ver elini çekelek." demiş.

Burma Hatun tam elini uzatacakken kocasının düğünde kızlara bakıp bakmadığı aklına gelmiş.

"Git ben sana küselek. Düğünde baktığın güzel kızların yanına git, ben ölüp gidem." demiş.

Fındık faresi: "Senden başkasını gözüm görmez güzel hatunum, ver elini çekelek." demiş.

Burma Hatun tam kocasına elini uzatacakken düğüne giderken onu götürmediğini hatırlamış:

"Git ben senden küselek, giderken birlikte gidelim demedin, beni düşünmedin." demiş.

Fındık faresi, özür dilemiş, gönlünü almaya çalışmış.

Onlar çekelek küselek derken bir at hızla üzerlerine gelmiş.

Fare son bir gayretle elini tutmak istemiş hamamböceğinin.

O yine elini çekmiş. Zavallı fare son anda fırlamış kendi canın zor kurtarmış. Burma Hatun çamura karışıp gitmiş.

Cinsellik Neden Konuşulmalı?

Evlilik, kadın- erkek ilişkileri üzerine yazıp da cinsellik yazmamak olmaz. Başörtülü bir kadın yazarın cinsellikle ilgili yazması pek alışılmış bir şey değil ülkemizde. Cinsellik konusunda konuşmak genellikle erkeklerin tekelindedir. Erkek yazarlar, erkek doktorlar ya da erkek hocalar konuşur.

Kadınlar bu mevzuları hep erkeklere ait bir konuymuş gibi algılıyor, uzaktan uzaktan dinliyor. Oysa cinsellikle ilgili sorunların çoğu kadınlardan kaynaklanıyor. Cinsellik konusuna kadınların sahip çıkması gerekiyor.

Fakat maalesef ki kadın yazarlardan cinsellikle ilgili yazanlar daha çok serbest yaşamı tercih eden kişilerden oluyor, onlar da sevgilileri ile ya da eşleri ile olan özel hayatlarını anlatıyorlar okuyuculara. Onun da topluma bir faydası yok.

Belki diyeceksiniz ki şimdi televizyon var, internet var, artık herkes her şeyi biliyor. Ama durum hiç de göründüğü gibi değil. Tamam bir grup genç kız, kadın var, cinselliği uç noktalarda yaşayan her şeyi fazlasıyla bilen, fazla özgür. Onlar konumuz dışı.

Ben seminerlerimde sürekli kadınlarla birlikteyim. Bu konu açıldığında öyle dertler dökülüyor ki inanamazsınız. Televizyonlarda, gazetelerde, internette cinselliğin alabildiğine yer bulması cinsel sorunları artırdı. Eşler arasındaki cinsellik bile Türk toplumunda ayıp ve günahmış gibi algılanırken bunun birden ortalığa dökülmesi kadınları ve erkekleri fazlasıyla olumsuz etkiledi. Kadınlar cinselliği edepsiz kadınların hoşuna gidebilecek bir eylem gibi algılamaya başladılar. Pornografi ise kadınlarda cinsellik konusunda tiksintiye sebep oldu.

Erkekler ise medyadan ve toplum içinden sürekli cinsel uyaranlarla karşı karşıya kalmanın beden ve ruh sağlığı açısından olumsuzluğunu yaşıyorlar. Televizyonda internette gördükleri cinselliğe istekli kadınları gerçek hayatta görmek istiyorlar.

Fakat dışarıda gördüğü kadını evinde göremeyince erkekler büyük hayal kırıklığına uğruyor. Bu da erkekleri aldatmaya, ikinci eşe ya da pornoya yönlendirebiliyor. Maalesef ki porno sitelerini tıklamada ülke olarak birinci sıradayız.

Sistem erkekleri azdırmak, kadınları cinsellikten soğutmak üzerine kurulmuş durumda. Her gün erkekler için cinsel içerikli resim ve yazılar sunulurken kadınlar için yapılan ne?

"Aşksız bir hayat yağsız yemek gibidir. Erkek dediğin romantik olmalı. Sen romantik bir erkeği hak ediyorsun. Eşiniz öyle değilse onu düzeltin." Kadın erkeği düzelteyim derken ne kadar çok şeyi yıktığını fark etmiyor.

Babaannem ben küçükken bir masal anlatırdı. Masalın bir bölümünde "Yemesi için atın önüne et, itin önüne ot koymuşlar." derdi.

Masalın gerisini hatırlamıyorum ama hep o bölüme takılırdım. Çok acıkınca, at eti yemiş mi, it otu yemiş mi yoksa ikisi de açlıktan ölmüş mü diye.

Şimdi de aynı şey yapılıyor.

Erkeklerin önüne cinsellik, kadınların önüne aşk konuyor. Oysa evlilikte mutluluk için, iki tarafında doyması için, onların yer değiştirmesi lazım. Kadın zaten duygusal, onun cinselliğe; erkek zaten cinselliğe hazır, onun duygusal yönünü kuvvetlendirmeye ihtiyacı var. Fakat bu konuda bir çalışma yok.

Birileri bu sistemden oldukça memnun. Aileler mutlu değil, kadınlar aç, erkekler aç, çocuklar mutsuz, boşanmalar aldatmalar had safhada. Çünkü bir toplumu yok etmenin en kestirme yolu aileyi yıkmaktır. Bombaların her zaman gözle görülmesi gerekmiyor. Gözle görülmeyenleri daha tehlikeli.

Süslü Yatak Örtüleri

Son zamanlarda yapılan bir araştırma sonucu "Türk kadınının yatak örtüsünün deseni ile ve yatak odasının perdesi ile ilgilendiği kadar yatakta eşi ile ne yapacağı ile ilgilenmediğini" ortaya çıkmış. Çok ilginç değil mi? Maalesef ki gerçek.

Bizim toplumumuzda kız çocukları daha küçükken başlar çeyiz hazırlıkları. Yatak örtüsünün ise çeyizde ayrı bir önemi vardır. Birkaç tane yatak örtüsü hazırlanır. Düğün zamanı ise genellikle önceki hazırlananlar beğenilmez çarşı çarşı gezilip model model bakılıp yenisi alınır.

Erkekler için hiçbir anlam ifade etmeyen yatak örtülerinin, kadınlar için neden bu kadar önemsendiği irdelenmeli bence. Kız anneleri yatak örtüleri güzel olursa kızlarının kocalarına daha çekici gelebileceğini mi düşünüyorlar? Yoksa küçük yaştan itibaren kötü, pis, cıss, ayıp günah diye kulağını yanlış bilgiler doldurduğu kızına yatağı süsleyerek cazip gösterme çabası mıdır? Yoksa kızlarına anlatamadıkları cinsel konuları, bu konudaki kaygılarını süslü yatak örtüsünün altına atma gayreti midir bu durum?

Toplumumuzda genel olarak kız çocukları büyütülürken "başına bir iş getirmesin" diye cinsellik sürekli kötülenir. Düşünün ki bir çocuğu, küçük yaştan itibaren "elma kötüdür, pistir, iğrençtir" diye elmayı kötüleyerek büyüttünüz ya da açıkça böyle demedeyseniz bile, elmadan bahsetmeniz gerektiğinde yüz ifadenizle ona kötü, ayıp, pis ve yemenin günah olduğu bir meyveymiş gibi bir ifade takındıysanız o çocuk büyüdüğünde elma yemesi gerektiğinde midesi bulanır.

Çocuk büyütmeyi öğrenmeden anne olduğumuz için en kestirme ve kısa yol korkutarak çocuğu istemediğimiz davranıştan uzaklaştırmaya çalışıyoruz. Çocuklar; Allah'tan, hemşireden, doktordan, polisten, hastalanıp ölmekten, yaramazlık yaparsa artık sevilmeyeceğinden, pek çok şeyden korkutularak büyütülüyor. Oysa karşımıza alsak, zaman ayırsak, en doğru nasıl anlatabilirim diye araştırsak, kafa yorsak; daha düzgün çocuklar yetiştirebiliriz.

Cinselliğin bu kadar ortada olması, kız erkek ilişkilerinin artması ailelerde de korkuyu artıyor. Onlar da sürekli kızlarına cinselliğin, kötü pis ahlaksız bir eylem olduğunu, her tehlikenin erkeklerden geldiğini, kendini korumasını öğütlüyor. Seminerlerimde, "Kızlarınıza cinselliği yanlış öğretmeyin." dediğimde "Güzel diyelim de gidip denesinler mi!" diyorlar. Ve kendi yaşadıkları aynı sorunları biraz daha fazlasıyla kendi kızları da yaşıyor.

Çocuk büyütüyorsak anne ya da baba olmuşsak mutlaka çocuk psikolojisi hakkında bilgi sahibi olmamız lazım. Çocukların biz yetişkinlerden çok farklı bir dünyaları var. Bazen bir cümle onun bütün hayatını etkileyebilir.

Çocuğu ve genci korkutmak çoğu zaman ters teper. O kadar korkar ki, bir an önce ne olacaksa olsun bitsin diye korktuğu şeyi denemeye kalkma ihtimali de vardır.

Toplumumuzda kadınların bu kadar çok, bu sorunu yaşamalarının sebebi namus kavramı ya da günah kaygısıyla korkutularak büyütülmesi. Cinselliğin ayıp, günah, erkeklerin hakkı ve acı verici bir şey olarak öğretilmesinin sonucu kızlar, cinselliği yaşaması gereken zamanda korku ya da tiksinti duyuyorlar. Eşleriyle cinsellik yaşarken sorunlar yaşıyorlar.

Şimdi belki diyeceksiniz ki şimdiki kızlar öyle değil. Çok özgür takılan, sürekli erkek değiştiren uçlardaki kızlar konu dışı. Ben çoğunluğu teşkil eden aile kızlarından bahsediyorum. Onlar da artık erkek arkadaş edindikleri için şimdiki kızlar her şeyi biliyorlar diye düşünülüyor. Bu sadece işin görünen kısmı.

O her şeyi biliyormuş havalarındaki kızların çoğunun erkek ya da evlilik dendiğinde akıllarına şunlar geliyor: Aşk, sevgi, mesaj çekme, el ele tutuşma, romantizm, birlikte sinemaya gitme, baş başa yemek yeme, birlikte gezmek. İşin cinsellik boyutunu pek düşünmüyorlar. Cinsellikle ile ilgili olan bilgileri annelerinin evdeki kulaklarına fısıldadıkları bilgiler olarak kalıyor. Bir de internetten bilgi alalım diye cinsel istismar için kurulmuş sitelere girip, acayip resimler görünce; annelerinden duyduklarıyla resimler birleşiyor; korkuları artıyor.

Dindar kızlara gelince onlar evliliği evde eşiyle birlikte cemaat olup namaz kılma, dini aktivitelere katılma, akşam eşiyle baş başa oturup kitap okuma olarak hayal ediyor. Tabi biliyor cinsellik yaşayacağını ama onu çok da önemli olmayan evliliğinde yaşayacağı küçük bir ayrıntı olarak düşünüyor.

Böyle büyüyen böyle düşünen kadınlar, evlenince büyük bir hayal kırıklığına uğruyorlar. Hiç önemsemedikleri bir konu birdenbire hayatlarının merkezine oturuveriyor. Bu yüzden kavga ediyorlar bu yüzden kırgınlıklar küslükler başlıyor. Erkek de büyük bir hayal kırıklığı yaşıyor. İstenmemek, reddedilmek, onurunu gururunu fazlasıyla incitiyor. Dışarı bakıyor, dizilere, filmlere, internete, gazetelere bakıyor istekli kadınlar dolu. Evde karısına dönüp bakıyor, bir adet buzdolabı gibi.

O da acısını evde başka şeylerden çıkarıyor, her şeye kusur bulmaya başlıyor. Kocası eften püften konularda huzursuzluk çıkardıkça kadın da kendini haklı görmeye başlıyor. Tabi bana böyle kaba davranırsa ben de onu istemem, ne bekliyordu, diyor. Bir kısır döngünün içinde dönüp duruyorlar.

Hiç kimseye anlatamıyorlar, kimseden yardım istemiyorlar. Kadın tam da annemin dediği gibiymiş, çekeceğim artık diye düşünüyor.

Bitmeyen Baş Ağrıları

Kadınlar cinsel konularda çok ciddi sorunlar yaşıyorlar. Kadınlar sorunu kabul ediyorlar ama sorunun kendilerinden kaynaklanabileceğini kabul etmiyorlar. "Eşim bana duygusal, romantik davransa, böyle sorunlar yaşamazdık." diye hemen hepsi aynı savunma içerisinde eşlerini suçluyorlar. Tabi ki doğruluk payı var ama çözümü bu kadar basit değil. Keşke bu kadar basit olsaydı.

İnsan vücudun da müthiş bir savunma, kendini koruma sistemi var. Bir şeyi yapmayı istemediğiniz zaman vücudunuz bunu bedenî bir rahatsızlık olarak dışarı vuruyor ve size bahane üretiyor. "Sen bunu yapamazsın çünkü hastasın." Pek çok hastalığın kaynağı psikolojik.

Kadınların geçmeyen, sık sık yenileyen, sebebi anlaşılamayan baş ağrılarının nedeni genellikle cinsel sorunlar oluyor.

Erkek karısının sürekli baş ağrılarından şikâyetçi. Kadın gerçekten başı ağrıdığı halde ona inanmayan kocasının düşüncesizliğinden dertli.

Allah cinselliği erkekler keyif alsınlar, kadınlarda eziyet çeksin diye yaratmamış. Zaten kadın eziyete dönüştürünce erkek de otomatik olarak eziyet çekiyor. Yaradanımız cinselliği karı koca arasında muhabbet olsun, sevgilerini artırsın diye kadın ve erkek için zevk olarak yaratmış.

Fakat maalesef ki cinsellik kızlara bir hak olarak değil, erkeklerin keyif aldığı kadının kullanıldığı bir eylem olarak öğretildiği için kadın cinsellikten keyif almayı bilmiyor da, düşünmüyor da. Bu konuda kendini geliştirme gayreti içinde de olmuyor.

Erkekler de bir cinsel eğitim almadan evleniyorlar. Bir kadın nelerden hoşlanır, kadının bedenine dokunmadan ruhuna dokunmak gerektiğini, kulağına güzel sözler fısıldamanın önemini, çoğu erkek bilmiyor. Kadın zaten cinselliğe soğuk bakarken bir de kocası hata yaparsa her şey daha da kötü oluyor.

Bütün gün "Ya bu akşam eşim benimle olmak isterse?!" kaygısı çeken kadında vücut kendini korumaya almaya çalışıyor, baş ağrıları başlıyor. Numara değil, gerçekten ciddi ciddi kriz şeklinde daha akşam olmadan baş ağrıları başlıyor.

Vücut bunu hastalık olarak dışa vuracak kadar önemsiyorsa derinlerde çok ciddi sorunlar yaşıyordur. Bu sadece keyif alma meselesi değil büyük ihtimalle cinsel birliktelikten nefret ediyor ve tiksiniyor. Küçükken, gençken bilinçaltına yaptığı kayıtlar önemli. Kendi farkında olmasa da bilinçaltında kötü bir şey yaptığını inandığı için de başı ağrıyor. Bu ciddi bir sorun ve tedavi edilmesi lazım. Bilinçaltındaki eski kayıtları düzeltmesi lazım.

Cinsel sorunlar ailelerde çok büyük yaralar açıyor. Peygamberimiz cinsel hayatla ilgili hadis-i şeriflerde çoğunlukla kadınlara seslenmiş. Kadınlara kocası çağırdığında reddetmemesi, çok önemli bir işi de olsa bırakıp, kocası ile birlikte olması ile ilgili hadis-i şerifler var.

Peygamberimiz bu hadislerde erkekleri düşünerek, kadınlara tavsiyede bulunmuyor. Tam tersi kadınlara sesleniyor "Çok dikkat edin, bu önemli bir konu, mutlu olmak istiyorsanız en çok bu konuya dikkat etmelisiniz." Kadının da erkeğin de yaratılışını ve psikolojisini biliyor. Bu konuda erkeklere seslendiği, kadınlara nasıl davranmaları gerektiğini, anlatan hadis-i şerifler de var. Madem ki bu konu bu kadar önemli, kadınların ev işlerinden biraz ellerini çekip doğru kaynaklardan okumaya, öğrenmeye, kendilerini, geliştirmeye, gerekiyorsa bir psikologdan ya da cinsel terapistlerden yardım almaya başlamaları gerekiyor.

Mesele çok ciddi. Bunca zaman ciddiye alınmamasının toplumu nerelere götürdüğü belli. Evet aile kutsal bir kurum ama içinde can çekişerek yaşamak yanlış. Düzeltmek ve daha mutlu yaşayabilmek için uğraşmak gerekiyor.

Tavşan Kaç Tazı Tut

Kadın milleti kurnazdır. Doğru ya da yanlış, isterse sorunlara bir çözüm bulur. Kadın cinsellikten hoşlanmıyorsa ne yapacak? Kocaya çaresiz teslim mi olacak? Kadınlar kolay teslim olmazlar. Bu durumda kadınlar "kocayı baştan savma taktikleri" geliştiriyor.

Eğer hamile olduysa çocuk can simidi gibi imdadına yetişiyor. Hamile iken midesi bulanıyor, doğurunca bebekle uğraşıyor, bebeğin odasından gelmiyor. Çocuk büyüdüyse, şimdi olmaz çocuklar duyar, bahanesinin arkasına sığınılıyor. Ya da bütün akşam dizi izleyip yatma zamanı, bulaşık yıkamaya, evi toplamaya başlıyor.

Dindarsa yatma zamanı namaz kılmaya, tespih çekmeye, kuran okumaya başlıyor. Böylece onu beklemekten usanıp uykusu gelen kocayı atlatmış oluyor hem de "öyle şeyler düşüneceğine utan, sen de ibadetle meşgul ol, ahiret işlerine bak" mesajı verilmiş oluyor.

Taktikler bu kadarla kalmıyor. Çoğu zaman kocası daha kapıdan girerken "Ay bugün çok işim vardı yoruldum, öldüm bittim, hiç halim yok." "Havalardan mıdır nedir bugün çok başım ağrıyor." "Migrenim tuttu." "Bu akşam çocuklarla biraz sen ilgilen, ben yorgunluktan ölüyorum."

Çoğu zaman kadın gerçekten de yorgun oluyor. Kendini işe vuruyor. Saatlerce mutfakta çeşit çeşit yemek yapmaya uğraşıyor. Aslında bunda da ayrı bir sorun var. Adamı çeşit çeşit yemeklerle besleyip güçlendirip sonra da "bana dokunma uzak dur" demek, yatma zamanı ortadan kaybolmak, çin işkencelerini bile geride bırakır diye düşünüyorum.

Tabi bu arada kadın, evde "aman bir yerim açılmasın" diye paspal bir vaziyette dolaşıyor ki kocanın aklına muzır şeyler gelmesin. Bütün bunlar işe yaramayıp yakalandıysa "aman ne olacaksa bir an önce olsun da git başımdan sapık herif" düşüncesinden dolayı, ölü balık rolü oynuyor. Erkek de kendini eşine saldırıyormuş gibi hissettiği için mutsuz oluyor.

Kadın ne yaptığının farkında olmadan eşine pasif cinsel şiddet uyguluyor. Onun ruhunu yaralıyor. Eşini hiç reddetmeyen fakat istemiyorum da mecburum mesajı veren kadın da farkında olmadan şiddet uyguluyor.

Aslında kadın kocasından önce kendi ruhunu yaralamış oluyor. Kendini aşağılanmış hissediyor, acı çekiyor, üzülüyor. Bu şekilde ya sevgileri tükeniyor ya da çok sevdiği kocasıyla mutlu olamamanın ıstırabını duyuyor.

Peki böyle davrandığı için kadını suçlayabilir miyiz? Hayır. Çünkü öyle yetiştirildiği, hiçbir eğitim almadan evlendiği için öyle davranıyor. Erkeği suçlayabilir miyiz? Hayır. O da eşine nasıl yardımcı olacağını bilmiyor. Söylüyor, anlatmaya çalışıyor ama karısı onun kendi keyfi için ön yargılı davrandığını düşündüğünden ondan yardım almayı reddediyor.

Bu konunun önemini vurgulamak için topluma yön veren kadın yazarların, psikologların, doktorların, vaizelerin, öğretmenlerin yardımlarına, birlik olmalarına ihtiyaç var. Şunu da tekrar belirteyim ki bu sorun dindar kadın sorunu değil, genel olarak Türk kadının ortak meselesi. Sadece dindar kadınlar taktik bölümünde dini kullanıyorlar, o kadar.

Cinsel Eğitim Şart

Neredeyse her gün televizyon ekranlarında gazetelerde taciz, tecavüz haberleri ile karşılaşıyoruz.

Bu haberlerin küçük kızlar ve genç kızlar üzerindeki etkisi hiç düşünülüyor mu? Haberleri seyreden kaç aile kızlarını "aman dikkat et, erkekler tehlikeli" diye uyarmıştır. Böyle giderse kız çocukları bütün erkekleri sapık zannedecekler.

Ülkemizde kızlar, zaten cinsellikten korkutularak büyütülüyor. Kızlara cinsellik ayıp, çirkin ve kötü olarak öğretiliyor. Olur ya, "hoş bir şey olarak öğrenirlerse ya gidip denemek isterlerse" korkusu var ailelerde. İlerde evlenince bu kız ne yapar diye düşünen pek yok.

Evlilik üzerine kitapları yazarken, pek çok kadınla konuştum, bu konuda kadınların çoğunun sorunu var. Pek çok kadın çocukken, genç kızken, oradan buradan duydukları yalan yanlış bilgilerle evlenmişler. Ayıp ya, kimse doğru düzgün bilgi vermemiş.

Bu konuya ayıp diyen olursa "Niye, Allah cinselliği yaratarak ayıp mı etmiş?" demek geliyor içimden. Ayıp olan, kişinin ortada bir şeyler yapması veya kendi mahremiyetini anlatması. Bilgilenmek ve bilgilendirmek amaçlı hiçbir bilgi ayıp değildir.

Bir bilgiyi ilk defa öğrenirken doğrusunu öğrenmek çok önemli. Yanlış öğrenilen bir bilgiyi zihinde düzeltmek o kadar zor ki. O yüzden özellikle çocuklarımız, hayatlarını etkileyebilecek konuları ilk ve doğru elden yani anne ve babadan öğrenmeliler. Siz öğretmeseniz de doğru, yalan, yanlış bir şekilde öğreneceklerdir. Günümüzde bilgiye ulaşmak çok kolay. Fakat temiz bilgi bulmak çok zor.

Ergenliğe girmiş çocuklarınıza oradan buradan öğrenmeden onlara düzgün bir cinsel bilgi verin. Cinselliğin Allah'ın kadın ve erkeğe verdiği güzel bir nimet olduğunu fakat bunu kadın ve erkeğin nikahlı eşiyle yaşaması gerektiğini öğretin. Nikahsız ilişkilerin getireceği zararları anlatın. Porno videolar izlemenin zararları anlatın. Korkutmadan, doğru ve düzgün bilgi. Çocuklara tabi ki tedbirli olmasını öğretin. Fakat bunu korkutarak yapmayın. Zaten bu konuda çıkan haberler çocukları yeterince korkutuyor.

Cinsel konulardaki sapmaların pek çoğunun sebebi de cahillikten, yalan yanlış bilgilerden olmuyor mu? Yarım hoca dinden, yarım doktor candan, yarım bilgi de insanı yoldan çıkarır. Etrafınıza dikkatlice bakarsanız o kadar yarım bilgi sahibi çocuk var ki.

Yetişkinler bu konuları konuşmaya utanıyorlar. Değil çocuğuna bilgi vermek kendi sorunlarını halledemeyenler var.

Bir seminer sonrası boynu bükük konuşmaya utanır halde bir kadın yanıma geldi "Sema Hanım ben bu konuda çok sorun yaşıyorum. Bugüne kadar kimseyle konuşamadım. Bir tek ben sorun yaşıyorum zannediyordum. Başkalarının da böyle sorunlar yaşadığını duyunca tedavi olmaya karar verdim; çünkü eşime de kendime de eziyet ediyorum. Fakat nereye gideceğimi nereden yardım alacağımı bilmiyorum." dedi.

Yurt dışında çok fazla cinsel terapist ve evlilik danışmanları varken maalesef bizde bu konuda yeterli çalışmalar yok. Pek çok kişi cinsel terapistlerin olduğunu bile bilmiyor. Gidilecek olan terapist ya da psikologun mesleğinde yeterliliği de çok önemli.

Öncelikle güvenilir olacak, işinin ehli olacak, okulda ders verir gibi benim çok bilgim var havalarında anlaşılmayan bir dilde konuşmayacak. Freud'dan başlayıp danışmanın çocukluğunda takılıp kalmayacak, kendi susup konuşman için suratına bakıp durmayacak, "Haftada üç gün gelin, önce geçmişi kurtaralım." diye geleni bağlamaya çalışmayacak, ülkemiz gerçeklerini unutmayacak, bizde genellikle bir kez gidilir, daha fazlasına imkânı olmayabilir diye düşünerek karşısındakini işine yarayacak pratik bilgilerle gönderecek inançlı biri olmalı.

Yeni evli hanımlara ya da evlenecek kızlara bu konuda bilgi sahibi olarak mı evliliğe gittiklerini sorduğumda "İnternetten bir baktık, bir şeyler okuduk." diyorlar. Umarım doğru şeyler okuyorlardır. Sapık sitelerden bilgi alıyorlarsa durum daha da vahim. Cinsel konularda internetten bilgi almak isteyenler doktorların, cinsel terapistlerin hazırladığı eğitim ağırlıklı sitelerden bilgi alırlarsa çok daha iyi olur.

Belediyelerin meslek edindirmek için kursları var. Özellikle genç kızlar çok katılıyorlar. Bu kurslarda harıl harıl süsleme yapmayı, dikiş dikmeyi, vazo yapmayı, bağlama çalmayı falan öğreniyorlar. Açsanıza bu kurslarda cinsel eğitim dersleri. Genç kızları evli kadınları bulmuşken eğitim versenize. Yok. Kimsede böyle bir gayret de yok.

Diyanet İşleri Başkanlığı'na bağlı, yatılı yüzlerce kız Kuran kurslarında binlerce genç kız eğitim görmekte. Neden insan neslini ve aile mutluluğunu ilgilendiren bu kadar önemli konuda bu kurslarda dini eğitimin bir parçası olarak bu dersler verilmiyor. Yoksa Diyanet İşleri de mi bu konuyu din dışı görüyor?

Peygamberimizin aile hayatı ile ilgili bilgilerin çoğunu mahremiyetler de dahil Hz Aişe'den öğrendik. Bunlar neden anlatıldı, Hz Aişe hiç utanmadı mı? Utanmamıştır çünkü bunlar o dönemde de gayet rahat konuşulmuş. Kadınların bizzat gelip bu konuları peygamberimize sordukları da olmuş.

Ülkemizde mutlaka evlilik okulları açılmalı. Kursa katılıp belge almayanların evlenmelerine izin verilmemeli. Cehalet yüzünden hâlâ ilk gece cinayetleri okuyoruz. Kadınlar ve erkekler arasındaki farklılıklar öğretilmeli. İyi bir iletişim için, sevgiyi korumak için, neler yapılmalı bunlar öğretilmeli. Aşk ucuzladı, cinsellik yerlerde sürünüyor, aileler mutsuz. Eğitimin mutlaka çok faydası olacak.

Evlilik kitaplarımla ilgili pek çok mail alıyorum. Kitaptan sonra evlilik hayatlarında çok olumlu değişiklikler olduğunu söylüyorlar. Bir kaç kitap bile bunu yapıyorsa, şöyle bir ya da iki aylık iyi bir eğitim, kim bilir ne kadar etkili olacaktır.

Hatta sadece evlenecekler için değil, isteyen evli çiftler içinde kurslar açılmalı. Bence devletin en önemli görevlerinden biri aile hayatını korumak üzerine çalışmalar olmalı. Aileden sorumlu devlet bakanımızın çoktan bu kursları açması gerekirdi diye düşünüyorum.

Artık kimse bu konu sorun değilmiş gibi davranıp sahtekârlık yapmasın.

Düşünce Köleliği

Düşüncelerine dikkat et, sözlerin olur.

Sözlerine dikkat et, davranışların olur.

Davranışlarına dikkat et, alışkanlıkların olur.

Alışkanlıklarına dikkat et, kaderin olur.

Hepimiz hemen her konuda düşüncelerimizin kölesiyiz. Düşüncelerimizi düzeltirsek davranışlarımızı da düzeltebiliriz.

Her şey beyinde, düşüncelerde başlıyor. İç konuşmalarımız çok önemli. Biz buna "düşünce" diyoruz. Aslında her daim kendimizle konuşuyoruz. İç konuşmalarımız bize yön veriyor.

Mutluluğumuzun, mutsuzluğumuzun, davranışlarımızın, depresyona girip girmememizin sebebi iç konuşmalarımız. Dışarıya ne söylediğimiz değil, kendimize ne söylediğimiz önemli. İç konuşmalarımız eğer olumsuzsa mutlaka denetim altında tutmamız gerekir. Araştırmalar insanların en çok olumsuz düşünceleri zihninden geçirdiğini gösteriyormuş. Bizi biz yapan beynimiz.

Bütün sistem onda yüklü. Onun dışındaki her şey sadece bir vasıta. Duygu, düşünce, hareket, motor her şey onda yüklü. Her bir noktası ayrı bir iş görüyor. Beyin ciddi bir zarar gördüğünde yürüyemez, konuşamaz, düşünemez, hareket edemez oluyoruz. Elimizin ayağımızın olması önemli değil.

Bilgisayara benzetirsek, beyin, bilgisayarın kasası, vücut ise ekranı. Ekran yüklenen programı gösterir.

Beyinle ilgili birkaç önemli noktayı yazmak istiyorum.

Beyin hayal ve gerçeği ayırt edemiyor. Güzel bir düşünce ya da hayal bizi mutlu ederken tam aksi gerçek olmasa bile kötü bir şey hakkında ya olursa diye düşünmek bile bizi mutsuz eder, korkutur. Mesela evinize hırsız girdiğini hayal edin. Korku ve heyecan sizi hemen sarmaya başlar. Film sektörü de bunun için vardır. İzlerken hiçbirimiz bu gerçek değil diye düşünmeyiz. Heyecanlanırız, üzülürüz, gerçekmiş gibi etkileniriz.

Beynimizin hafıza bölümü unutmaya programlı. Unutmak bir nimet. Bir gün içerisinde bile bir çok şey konuşuyoruz, dinliyoruz, izliyoruz. Duyduğumuz ya da okuduğumuz bir şeyi önem derecesine göre üç saniyeden başlayarak birkaç gün, birkaç hafta içinde unutuyoruz. Ancak tekrarlanan bilgileri beyin kayıt ediyor.

Mesela bir film izledik, bir hırsızlık ya da cinayet haberi duyduk, bizi çok etkiledi. Aklımızdan çıkmıyor. Her hatırladığımızda tekrar etmiş olduğumuz için beyin önemlidir diye bizim için kaydediyor. Ya da dizi filmlerde birbirine benzer konular sürekli işleniyorsa verilen mesajlar etkili ve kalıcı oluyor. Masal ve hikâyelerin insanları etkilemesi de beynin gerçek ve hayali ayırt edememesinden kaynaklanıyor. Gerçek olmadığını biliyoruz ama dinlerken veya okurken gerçekmiş gibi algıladığımız için etkileniyoruz. Çocuklar masallardan çok etkilenir. Aynı masal ne kadar çok tekrar edilirse masalın içindeki mesajın kalıcılığı ve etki gücü artar.

Beyin için önemli bir bilgi de beynimiz sağ ve sol bölüm olmak üzere iki bölümden oluşuyor. Sağ taraf yeni gelen bilgilerle, sol taraf eski gelen bilgilerle çalışıyor. Gelen bilgiyi sağ taraf alıyor, bilgi tekrar edilmiyorsa bir süre sonra siliniyor. Bilgi tekrar ediliyorsa sol tarafta kayda geçiyor. O artık bize ait bir bilgi oluyor. Eğer o bilgi davranışa sebep olacak bir bilgiyse bilgi davranışa dönüşüyor ve otomatik sisteme geçiyor. Artık düşünmeden yapıyoruz.

Beyin pek çok davranışı uyaran geldiği anda otomatik olarak yapıyor. Bilgi tekrarı iki şekilde oluyor. İçten tekrar, dıştan tekrar. Dıştan tekrarın etkilerine bir sonraki yazıda değineceğim. İçten tekrar düşüncelerimizle oluyor. Aynı şeyi sürekli düşündüğümüzde tekrar etmiş oluyoruz. Mesela bir konu için her yaşadığınızda "ben artık buna dayanamayacağım" diye düşünüyorsanız, bir süre sonra gerçekten dayanamaz olursunuz. Ya vücudunuz tepki verir hastalık olarak ortaya çıkar ya da davranış olarak kendinizi kontrol edemez olursunuz. Bu çocuğunuzun, eşinizin ya da kayınvalidenizin davranışı olabilir. Küçük olaylara aşırı tepkiler vermeye başlarsınız.

Yani her şey düşüncede başlıyor. Bu yüzden düşüncelerimizi kontrol edebilmemiz lazım. "Ya düşüncelerinizin efendisi ya da düşüncelerinizin kölesisiniz." diye bir söz var, çok doğru. Düşüncelerimizin kölesi olmamak için gayretli ve dikkatli olmamız lazım. Daha önceden yerleşmiş yanlış bilgiler, bizi mutsuz eden düşünceler varsa onları silip yeni programlar yükleyebiliriz. Cinsel konularda da psikolojik tedavilerde de maksat düşünceyi düzeltmektir. Düşüncelerini düzelten bakış açısını değiştiren sorununu yenebilir. Düşünceyi düzeltmenin en iyi yolu da telkindir.

Telkinle Tedavi

Sabah aldığınız ekmeği masanın üzerine koyun ve karşısına geçip ekmeğin undan ekmeğe dönüşüp masanızın üstüne gelene kadar başına gelebilecek bazı olumsuzlukları düşünün. Bu ekmeği kurtlanmış bayat undan yapmışlar, yapıldığı fırın çok pis olduğu için hamur yoğrulurken içine birkaç böcek düşüp içinde ezilmiş, fırından çıkan sıcak ekmekleri de farelerin gezdiği tezgahın üzerine dizmişler.

Sonra ellerini hiç yıkamayan bir çalışan ekmekleri alıp kasaların içine yerleştirmiş, ekmekleri de markete gelince dolabın içine yerleştiren görevli nezle olmuş sürekli hapşırıyor ve sizin masanın üzerindeki ekmeğin üstüne de hapşırmış. Bir on beş dakika kadar ekmeğe bakarak bu düşüncelere odaklanın.

Sonra da oturun ekmeği afiyetle yiyin. Mideniz bulandı mı? Ben yazarken bile midem bulandı. Sizin masanın üzerindeki ekmeğin başına bunların hiç biri gelmemiş olabilir ama artık o ekmeği iştahla keyifle yiyemezsiniz. Bu düşünceye bir süre her gün devam edin. Her sabah masanın üstüne ekmeği bırakıp karşısına geçin ve ekmeğin başına gelebilecek bütün pislikleri düşünün. Bir ay sonra artık bir daha ekmek yiyemez olursunuz. Sadece ekmek değil pasta börek hiçbir hamur işini yiyemez olursunuz.

Beyin böyle bir şey. Hayal ve gerçeği karıştırır. Kadınlarda cinsel sorunların temelinde de böyle bir şey var "Aman başına bir iş gelmesin!" diye erkeklerden korkutularak, cinsellik kötülenerek büyütülen genç kızlar, bir de abartılmış korkunç ilk gece hikâyeleri duyuyorlar. Yıllarca bu duydukları yalan yanlış bilgiler defalarca zihinlerinden geçiyor. Evlendikten sonra bu genç kızların kocasıyla mutlu bir birliktelik yaşaması bekleniyor. Fakat beyin cinsellik kapısının üstüne binlerce kilit atmış açmıyor. Çünkü kötü, pis, ayıp, günah diye şartlanmış.

Kadın mecburen cinselliği yaşamaya razı oluyor ama istemeye istemeye. Mümkün olduğu kadar eşinden uzak durmaya çalışıyor. Daha önce yazdığım gibi çeşitli taktikler geliştiriyor evin içinde kaçma kovalama durumları başlıyor.

Kadın böyle yaparak hem kendine hem eşine eziyet ediyor. Fakat kadın da kocası da ne yapacağını bilmiyor. Erkek çok üzülüyor, inciniyor, karısının onu istememesi çok zoruna gidiyor. Huzursuzluklar başlıyor. Kadın da eşim bana güzel davransa böyle sorunlar yaşamazdık diye eşini suçluyor.

Erkek kadına iyi davransa güzel sözler söylese kadın cinsel sorunlarını yenebilir mi? Normal şartlarda kadınlar güzel sözlere dayanamazlar, istemedikleri konularda bile tavır ve davranışlarını değiştirebilirler. Fakat bu konuda şartlanmış bir kadına eşinin güzel sözleri yeterli olmaz. Kadının sorunun farkında olması ve çözmek için istekli olması lazım. Aksi durumda erkeğin ona iyi davranışları bile onu rahatsız edebilir. O zamanda kadın "Eşim akşam benimle birlikte olmaya niyetlendiğinde bana iyi davranıyor, çok menfaatçi." diye yorabilir durumu.

Sadece erkeğin iyi davranması kadın için yeterli olmuyor. Bu sizin tiksindiğiniz ekmeği birinin size yalvararak, ısrar ederek yedirmeye çalışması gibi bir şey. Siz pis olduğuna inandığınız sürece dışardan birinin davranışı pek etkili olmaz.

Cinsellik beyinde başlar. Cinsel organlar sadece bir araçtır. Beden beyinden gelen emirlerle çalışır. Bu her şey için geçerli.

Mesela sağır ve dilsizlerin kulakları ve dilleri var ama konuşmak için ve duymak için işlerine yaramıyor. Çünkü beyinde duyma merkezinde sorun oluyor. Beyin emir verir, beden çalışır, beyin emin verir, beden durur.

O yüzden cinsellik meselesi beyinde yani düşüncede halledilebilecek bir mesele. Bu yüzden kadının mutlaka sorunun farkında olması ve çözmek için gayret etmesi lazım. Tabi ki eşinin de ona yardımcı olması gerek. Çözüm için kadın ne yapabilir? Eski yanlış bilgileri silip yenilerinin yüklenmesi lazım.

Öncelikle şuna inanması lazım ki Allah cinselliği, erkek için keyif, kadın için eziyet olsun diye yaratmamış. Cinselliği kadın için eziyete dönüştüren şey, toplum baskısı ve yanlış bilgilerden başka bir şey değil. Cinsellik karı koca arasında bir muhabbet vesilesi olmalı. Kadın cinselliğe eşinin hatırı için katlanmamalı, kendisi için istemeli. Bunun içinde cinsellikle ilgili ön yargılarını yıkmalı.

Bunu yıkmak için kendi kendine telkin metodunu kullanabilir. Telkin neden etkili? Çünkü "Düşünce Köleliği" yazımda anlattığım gibi beyin uzun süre tekrarlanan düşünceleri davranışa çeviriyor ve otomatikleşiyor. Hipnozu hepiniz bilirsiniz. Hipnoz özel metodla hızlı yapılmış telkindir. Mesela hipnozdayken bir kişiye onun bir kalemi kaldıracak gücü olmadığı söylerinse kişi hipnozdan çıktığında bir kalemi yerinden kaldıramaz.

Bir konuda düşüncelerimizdeki sürekli tekrar da telkin oluyor ve zamanla kendimize farkında olmadan hipnoz yapıyoruz. Ondan sonra kontrol dışı otomatik davranışlar başlıyor. "İçe Dönük Konuşmanın Gücü" kitabından telkinde önemli olan birkaç noktayı size aktarayım. İç konuşmalarımızın önemini daha önce yazmıştım. İç konuşmalarımızı düzenlemenin en etkili metodu kendimize yapacağımız dış telkinlerdir.

1- Kendinize sorununuzla ilgili olumlu cümle kalıpları kurun. Kurduğunuz cümlenin içinde tek bir tane bile olumsuz kelime olmamalı.

2- Kurduğunuz cümle mutlaka şimdiki zaman cümleleri olmalı. Çünkü beynin gelecek kavramı yok. "Yapacağım" dediğiniz emirlerin beyin için bir anlamı yok. Ancak "Yapıyorum" dediğinizde henüz yapmıyor bile olsanız beyin sürekli tekrarla size onu bir süre sonra yaptırmaya başlıyor.

3- En az üç hafta her gün on beş dakika tekrar etmek gerekiyor. Bilimsel süresi bu. "Akıllıya kırk gün deli dersen deli olur." atasözü, telkinin önemini çok güzel anlatmaktadır. Yanış telkin akıllıyı deli eder. Buradaki telkin için kullanılan kırk gün önemli. Kırk gün telkin daha da etkili olur.

4- Telkin cümlenizi yazın ve göreceğiniz bir yere yapıştırın. Başkalarının görüp anlamasından çekinirseniz tüm cümleyi yazmasanız bile birkaç hatırlatıcı kelimeyi en çok göreceğiniz bir yere bir dosya kağıdına yazıp asın. Hem unutmamak için hem de gördükçe beynin sessiz tekrarla pekiştirmesi için bu mutlaka gerekli.

Bu telkin metodunu pek çok sorunun çözümü için kullanabilirsiniz. Sigarayı bırakmak için, zayıflamak için, davranışlarınızı kontrol altında tutmak için kullanabilirsiniz. Bu metot zayıflamak için de kullanılıyor. Bu metotla pek çok kadın cinsel sorunlarını çözdü. Başta söylediğiniz sözlere kendiniz inanmasanız bile bir süre sonra tekrarla inanmaya başlarsınız. Bir süre sonra da davranışa dönüşür. Bu basit gibi görünen çok etkili bir metottur.

Telkin ve Din

"Bir kimsenin kaygısı çok olursa, bedeni hasta olur." buyuruyor sevgili peygamberimiz.

Çokluk gözle göremediğimiz şeylerde tekrar ve devamlılığı ifade eder. Bugün psikoloji de bunu söylüyor. Kaygı düşüncede olan bir şeydir. Uzun sürdüğünde, iç konuşmalarımızla sürekli tekrarladığımızda, vücudumuzun bir yerinden mutlaka hastalık olarak çıkar. Cinsel sorunlar da böyle. Uzun süren kaygılar sonucu beden tepki gösterir.

"Hasta gözükmeyin, hasta olursunuz, kabrinizi kazmayın ölürsünüz." buyuruyor başka bir hadis-i şerifte Allah Rasulü.

Bugün psikoloji de kişisel gelişim kitapları da NLP de bunu söylüyor. Hepimiz beden ve ruhtan oluşuyoruz. Bedenimizi nasıl yiyeceklerle besliyorsak, ruhumuzu da düşüncelerimizle besliyoruz.

Nasıl ki zararlı yiyecekler beden sağlığımızı bozuyorsa, olumsuz düşünceler de ruh sağlığımızı bozuyor. Olumsuz bir düşünce devamlı ve sürekliyse bir süre sonra zarar vermeye başlar.

Gelelim sözü tekrar etmenin yani telkinin dinimizdeki yerine. Peygamber Efendimiz önemli şeyler söylerken mutlaka üç kez tekrar ederlermiş. Ayrıca dua ederken de her duasını üç kez tekrarlarmış. Bu yüzden dua ederken isteğini üç kez tekrarlamak sünnettir. Neden üç kez söylememiz gerekiyor olabilir? Bir kez söyleyince de Rabbimiz duyuyor.

Üç kez olmasının hikmeti ne olabilir? Rabbimizin gücü sonsuz, sebepsiz de verebilir fakat Allah pek çok şeyi sebeplere bağlamış. Duanın da üç kez tekrar edilmesinin hikmetini en iyi Rabbim bilir ama benim aklıma gelen hem Yaradan'dan isteyip hem de kendine istediğini yapma hususunda telkinde bulunmak, ruhen hazırlanmak olabilir.

Ve ayrıca peygamberimiz duada ısrarlı olunmasını tavsiye ediyor. Birkaç kez isteyip kabul olmuyor diye bırakmamak gerekiyor. Her söylediğini üç kez söylemek ve tekrar tekrar söylemek... Tekrar tekrar istemek... Bir hikmeti olsa gerek.

Gelelim sözlerin etkisi konusunda sözlerin güzelini söyleyen Allah Rasulü'nün sözüne bakalım.

"Sözün içinde büyü etkisinde sözler vardır. Şiirlerin içinde de hikmet vardır." buyuruyor.

Peygamberimiz, sözün içinde büyü etkisinde sözler vardır derken, hem etkili sözleri hem de hipnoz ve telkini kast ediyor olabilir. Çünkü hipnozun etkisi de dışardan bakıldığında büyü gibi bir şey. Sözün etkisi de telkinde açık olarak ortaya çıkıyor.

"Kocamla aram çok kötü bize büyü yaptıran mı var?" diye düşünen pek çok kadın (erkekler pek böyle şeylere inanmazlar) dışarıda suçlu aramak yerine kendilerine baksa olumsuz tekrarlı iç konuşmaları ile kendi kendilerini büyülediklerini görecektir. (Büyü gerçekten vardır ama şüphelenenlerin çoğununki kuruntudan.)

Yine tekrar konuya dönersek medreselerde çok söylenen hocaların çok kullandığı güzel bir söz vardır:

"Eltekrarü ahsen velev kane yüz seksen": Tekrar güzeldir, velev ki yüz seksen kez olsa da.

Kendi kendine telkinde, yazmanın önemini belirtmiştim. Mutlaka telkin cümlelerini hatırlatıcı kelimelerle yazıp göreceğiniz yerlere yapıştırın diye tavsiye etmiştim.

Bunu bir hadis-i şerifle desteklemek gerekirse, "İlmi yazarak bağlayınız." diye tavsiye ediyor Allah Rasulü.

Tabi ki her şeyin başı dua. "Duanız olmasaydı ne kıymetiniz olurdu?" diye buyuruyor Rabbimiz. Fakat mümine dua edip beklemesi öğütlenmemiş. Dua edeceğiz ve elimizden geleni de yapacağız.

Telkin mi yapacağız? Duamızı edip başlayacağız. Her şey O'nun adıyla güzel, her şey O'nun adıyla etkili. İç sesimizi yani düşünceyi durdurmamız mümkün değildir, durduğu anda ölmüşüz demektir. Durduramayız ama kontrol altında tutup olumsuzdan olumluya yönlendirebiliriz. İrademizi kuvvetlendirmek için de telkinden faydalanabiliriz.

Gücü sonsuz olan Yaratıcımız kainatta muazzam bir sistem kurmuş. Ve ilim öğrenmeyi emretmiş. İnsan da, beyin de onun kurduğu sistemle işlemekte. İlmin ve teknolojinin kapılarının açılmasına izin veren de O.

Bizler Rabbimiz'in kurduğu sistemin tersine bir şey yaparsak boş yere uğraşmış oluruz. Bu yüzden beynin çalışma sistemi ile ilgili bilgileri çok önemli, öğrenmek ve faydalanmak gerekli. Ben pek çok konuda faydalanıyorum.

Damdan Düşme Olayı

Geçen haftalarda bir sabah programında denk geldi. Programa bir kadın telefonla bağlandı. Kocasının kendisini aldattığını fakat maddi sebepler yüzünden ayrılamadığını söyledi. Telefon kapandıktan sonra program sunucusu kadınla, şarkıcı kadın, arayan kadını pek kınadılar. "İnsan dantel örer satar, para kazanır, ayrılır ama böyle bir şeyi kabul etmez." dediler. Özellikle dantel örüp satma tavsiyesini dört beş kez tekrarladılar.

Dantel piyasasında çok para var da benim mi haberim yok, doğrusu merak ettim. Yoksa parayı kolay kazanan bu hanımlar, dantel başına 1000 TL falan verildiğini mi zannediyorlar? Velev ki dantel işinde o kadar olmasa da para kazanmak mümkünse bile bir insanın içinde bulunduğu şartları bilmeden kafadan, onu kınayıp, sonra da akıl vermek pek akıllıca bir davranış değil bence. Sonra düşündüm de kaç kadın telefonla derdini anlatan o kadını anlamıştır.

Bilmeyen yoktur herhalde bu fıkrayı.

Nasreddin Hoca bir gün damdan düşmüş. Bir anda konu komşu etrafına toplanmış her kafadan bir ses çıkmaya başlamış.

Meraklılar, "Nasıl düştün?" diye sormuşlar.

Akıl vermeyi sevenler, "Biraz dikkatli olsaydın düşmezdin hoca." demişler.

Kınayıcılar; "Koskoca adam damdan düşer mi!" diye ayıplamışlar.

Sevmeyenleri, "İyi oldu hak etti." demişler.

Sevenleri, "Bir şey oldu mu?" diye merak etmişler.

Merhametliler, "Bir doktor getirelim, yardım edelim." diye haline acımış, çare düşünmüşler.

Hoca bu laf kalabalığının içinde "Doktor falan istemez bana damdan düşen birini getirin beni ancak o anlar." demiş.

Sizce Hoca haklı mı? Damdan düşeni ancak damdan düşen mi anlar? Düşmeden düşenin halinden anlayamaz mıyız?

Ya da soruyu şöyle çevirelim. Her damdan düşen, her damdan düşeni anlar mı? Beyin esintisi yapalım mı?

Bence her düşen, diğer düşeni tam olarak anlayamaz çünkü; düşmenin verdiği acının şiddetini etkileyen pek çok faktör vardır. Herkesin düştüğü damın yüksekliği aynı değildir. Vücut ağırlığı, düşmenin şiddeti, yere çakılan bölgenin gördüğü zarar, düşenin psikolojisi, hayata bakışı, düşmeden dolayı görülen etki, zararı etkiler. Biri üç metreden düşmüştür diğeri on metreden. Üç metreden düşen, on metreden düşeni anlayabilir mi gerçekten? Hiç zannetmiyorum.

Düştükten sonrası da çok önemlidir. Biri düşer, başına sevdikleri toplanır, biri düşer başına kınayıcılar toplanır. Düşmenin acısını unuttururlar insana.

Bir kadın aldatılır:

Meraklılar, "Kocası onu kimle aldatmış, kaç yaşındaymış, güzel miymiş, nerde bulmuş?" diye sorarlar.

Kınayıcılar, kadın boşanırsa "Yuvasına sahip çıksaydı, aptallık etti." derler. Boşanmazsa "Gururlu kadın, çekip gitmeli!" derler.

Akıl verenler, her birinden bir öğüt gelir.

Sevmeyenleri, "İyi oldu hak etti." derler.

Sevenleri, "Bunları hak etmemişti." der, üzülürler.

Merhametliler, her iki durumda da yardım etmeye çalışırlar.

Mesela kocasını seven, evliğine güvenen, bir kadın aldatılmış. Bir de, sevgisi bitmiş, kocasına güvenmeyen "Bu adamdan beklerim, her an her şey olabilir, o zaman da her şey biter." gözüyle bakan bir kadın aldatılmış. Kocasından ümidi olmayan kadın, aldatıldığı zaman diğerini, seven ve güvenen aldatılmış kadını anlayabilir mi?

Mevlana'ya aşkı sormuşlar. "Ben ol da bil." demiş. Ne kimse kimsenin aşkını, ne de kimse kimsenin acısını o olmadan bilebilir...

Onun için birini kınamaktan, "Ben olsaydım.." diye başlayan cümleler kurmaktan sakınmak lazım. O olmadan bilinmez çünkü.

Belki de damdan düşeni geç de olsa, en iyi anlayacak olanlar kınayıcılardır. Kınadıkları başlarına bir şekilde gelmeden ölmeyecekleri için, başlarına geldiği zaman, kınadıkları insanları anlamaya başlayacaklardır.

Aldatılma

Aldatılan kadınlardan çok mesaj alıyorum. Gelen mesajlar fazlasıyla acı dolu. Üzüntülerini ağırlaştıran şey ise etrafın ne diyeceği. Zaten yeterince kendilerini yiyorlar bir de üstüne çevreden gelen sözler eklenince ezildikçe eziliyorlar.

Kadınların çoğu ilaçla ayakta zor durdukların söylüyorlar. Ayrılmak ya da devam ettirmek konusunda kararsızlar.

Aldatılma bir boşanma sebebi olmalı mı? Bence olmamalı. Şaşıracaksınız belki ama böyle düşünüyorum. Beş yıl önce yazdığım ilk evlilik kitabımda, aldatılan kadının hikâyesinde evliliğini devam ettirerek bitirdiğim için bazı okurlarımdan eleştiri almıştım. Neden hikâyenin sonunda kadını ayırmadınız? diye... Aldatılma tek başına bir boşanma sebebi olmamalı. Ama ayrılığı destekleyen çok şey varsa o zaman düşünülmeli.

Birincisi adam "Ben başkasını seviyorum ayrılmak istiyorum." diyorsa yapacak bir şey yok. Kibarca anlaşarak ayrılmak lazım. Adama sakız gibi yapışmak, boşanmam, seni süründürürüm tarzı davranışlara girmek bence çok yanlış.

Fakat genel Türk erkeği yapısı ayrılmaktan yana değildir. "Yaptım bir hata, yuvamızı yıkmayalım, affet modu" daha yaygındır. İşte o zaman "Olmaz aldattığın gün her şey bitti!" klasik şartlanmalara girmeden durup düşünmek lazım. Sevginiz, o güne kadar yaşadıklarınız, sevinçleriniz, yaralarınız, karşılıklı hatalarınız" gibi pek çok şeyi gözden geçirmek lazım. Onarabilecekseniz yeniden denemek lazım.

Kimin ne dediği ya da diyeceği umurunuzda olmamalı. Hiçbir şey mutluluğunuzun önüne geçmemeli. Toplumda, aldatılınca ayrılan kadınlar onurlu ve güçlü, evliliğini devam ettirenler zayıf kadınlarmış gibi bir algı maalesef var. Bu yanlış bir bakış açısı. Güçlülük ya da güçsüzlük seçtiğin hayatta değil, o hayatı yaşarken gösterdiği güçte olabilir.

Benim karşı olduğum sürünerek yaşamak. Şöyle pek çok mesaj geliyor. "Kocam beni aldattı. O günden beri çok mutsuzum, bu olayı unutamıyorum, bana her dokunduğunda aklıma geliyor, mümkün olduğu kadar ondan uzak durmaya çalışıyorum, çok huzursuzuz."

İşte böyle yaşanmaz. Hayatı kendine, kocana, çocuklarına zehir ederek, her fırsatta adamın başına kalkıp, fitil fitil burnundan getirerek, bir elinde mendil, bir elinde depresyon hapıyla gezilerek yaşanmaz.

Ya ayrılacaksın ya da geçmişin üstüne sünger çekip doğru düzgün yaşayacaksın. İnsanın ne için ya da kim için olursa olsun kendine zarar vermeye hakkı yok. Bize hayat gibi büyük bir nimet verilmiş bunu heder etmeyip kıymetini bilmemiz lazım.

Bir gün Rabbimiz'in huzuruna çıktığımızda "Allahım sen bana çok nimetler verdin ama bir eksiğim vardı. Kocamın hayatında başka bir kadın daha oldu, mutlu bir evliliğim olmadı. O yüzden ben ömrümün kalan bölümüne yarı akılla devam ettim, kendime de kimseye de faydam olmadı." demek zorunda kalmak pek hoş olmasa gerek.

Hayatta başımıza gelenler değil, olaylara karşı geliştirdiğimiz bakış açısı önemli. Biz nasıl bakarsak, olaylar bizi ancak o kadar etkileyebilir. Ve zorluklar bizi yıkmak için değil, güçlendirmek içindir. Depremler değil, binaların sağlamlığı önemlidir.

Kocanızın Sekreteri Olun

Mevkisi ya da parası artan erkekler genellikle eş değiştirmeye, aldatmaya ya da ikinciyi almaya bakıyorlar. Dışarıda herkes kürküne saygı duyup, "aman aman efendim aman" derken evde durumun yaman olması kötü. Aslında gerçek hayat evdeki. Dışarıdaki sahte. Ona değil, ismine, sıfatına gösterilen göstermelik saygı. Mevki ya da para elden gittiği anda her şey değişmeye başlar.

Dışarıdaki hayatı evde de yaşamak isteyen erkekler genellikle sekreterleri ya da ondan daha alt mevkide olan kadınları tercih ederler. Ona hayran, emrine amade, onu pohpohlayacak kadın isterler.

Düşünün bir sekreter ve patron ilişkisini. Adam sabah evde gözü çapaklı karısını bırakıp, iş yerine geliyor. Onun emrinde, güzel bakımlı bir kadın... Sözünü ikiletmiyor, hemen yerine getiriyor, çok konuşmuyor, hatta patron istemezse hiç konuşmuyor, ne dese "Tamam efendim" diyor. Patron derdini anlatsa, "Siz haklısınız" diyor. Her ne olursa olsun ona saygıda kusur etmiyor.

Gereksiz istekleri, kaprisleri yok. Arada bir, onun ne kadar başarılı bir insan olduğunu söyleyerek, gururunu da okşuyor. Kısacası her davranışı ve her haliyle "sen önemlisin" mesajı veriyor. Hangi erkek istemez böyle kadını? (Burada asla sekreterleri suçlamak ya da kötü niyetli olduklarını ima etmek gibi bir kastım yok. Patrona mecbur saygı gösterecekler.) Adam eve geliyor. Daha kapıdan girer girmez karısı başlıyor. "Benimle hiç ilgilenmiyorsun, çocuklarına hiç zaman ayırmıyorsun. Ne zamandır birlikte şunu yapamadık, bunu yapamadık, evin bütün yükü üstümde hiç beni düşünmüyorsun." Suçlamalar, suçlamalar, beklentiler, beklentiler...

Adam şöyle düşünmeye başlıyor: "Bu evde, benim değerim bilinmiyor." Ondan sonra evinden soğumaya başlar. Düşünmüyor ki dışarıdaki abartılı saygı, kendine değil parasına ya da mevki makamınadır. O çok beğendiği sekreterini ya da başka bir kadını alacak olsa, çok değil birkaç ay sonra o da ona eski karısı gibi davranmaya başlayacaktır. Çünkü gerçek hayat hiçbir zaman öyle yürümez.

İşte bunun için diyorum ki "Kocasını elinde tutmak isteyen kadın, karısı gibi değil sekreteri gibi davransın." Her erkek bundan hoşlanır. Kocalarınızın işi ne olursa olsun, her akşam eviniz iş yerinizmiş de eşiniz de patronunuzmuş gibi düşünün. Onu öyle karşılayın. Kocanızın karısı gibi değil, sekreteriymiş gibi davranın. Bakın nasıl mutlu oluyorsunuz.

Oğluma Nasihatler

Canım Oğlum. Henüz küçüksün, senin düğününü görebilir miyim, bilmiyorum. Fakat hayat bu evlendiğini göremeden dünyayı terk edersem ya da bir kızı çok sevdiğini görünce oğluşum elimden gidiyor korkusuyla kıskançlık duygularım kabarır, kayınvalide havalarına girer de bu nasihatleri yapmak içimden gelmezse diye sana bu mektubu şimdiden yazıyorum.

Sözlerimi ciddiye al. Sen bir erkeksin, kadınları anlamak için bir kadının yol göstericiliğine ihtiyacın var. Sana kadınlar hakkında biraz bilgi vermek istiyorum. Kadınlar hem çok kolaydır, hem çok zordur oğlum. Nasıl davranacağını bilirsen kolaydır, bilemezsen zordur. Ne demiş yazar. "Kadın ne gül goncasıdır ne diken. Koklamasını bilirsen gül, tutmasını bilmezsen diken."

Rabbimiz yüce kitabı Kur'anı Kerim'de, kadını verimli toprağa benzetmiş, erkeği de çiftçiye. Bunu unutma oğlum, bu çok önemli. Kadınlar verimli topraktır, yeter ki sen iyi bir çiftçi ol.

Toprağa bir elma çekirdeği dikersin, ona sana bir ağaç dolusu elma verir. Sen bir buğday dikersen o sana bir başak dolusu buğday verir. Sen ona bir gül fidesi dikersen o sana demet demet gül verir.

Fakat sen o verime aldanıp toprağınla ilgilenmeyi bırakırsan o verim devam eder zannedersen aldanırsın. Toprakla ilgilenirsen ihtiyaçlarını karşılarsan toprak coşar, taşar. İlgiyi kestiğin zaman o da yavaş yavaş verimi azaltır. Bunu fark etmez daha da ilgilenmezsen kurur gider.

Kadın da böyledir. İlgilenirsen karşılığını fazlasıyla alırsın. Kadın toprağının tohumu "sevgi", suyu "güzel söz" dür. Bu ikisini ondan hiç eksik etme. Bunları eksik edersen o kadından verim bekleme.

Kadın demek sevgi demektir. O sevgi değil midir ki ona dokuz ay karnına evlat yükünü seve seve taşıtan sonra da seve seve büyüttüren. Kadın severse her yükü taşır.

Kadınlar hem çok güçlüdür hem de çok zayıf. Taşsız toprak bulmak zordur. Kadınların taşları da huysuzluklarıdır. Kimi çok taşlıdır kimi az taşlıdır. Kendine hayat arkadaşı seçerken az taşlı olanı seçmeye gayret et. Seçtikten sonra da toprağını tanı, iyi bir çiftçi ol, her toprakta her şey yetişmez, o toprakta ne yetiştireceğini iyi bil. Ekip diktiklerine de dikkat et. Toprağa limon ağacı dikersen o da sana ağaç dolusu limon verir. Hayatın ekşimtırak geçer sonra.

İşte sana bu bilgileri hayatın ekşimtırak geçmesin diye, bir erkek olarak kendi üzerine düşenleri iyi yap diye veriyorum.

Kadınlar hassastır, çabuk kırılırlar. Bu yüzden konuşurken sözlerine dikkat et. Ona ne kadar kızarsan kız asla fiziğiyle alay etme, kusur bulma. O kendinde kusur bulsa bile, sakın onu onaylama. Sen güzel olduğunu söylediğin sürece o kendini güzel hissedecek ve daha da güzelleşecektir.

Kadınlar için güzellik önemlidir. Her kadın güzel olmak ister. Güzel değilse bile sevdiğine güzel görünüyor olmayı ister.

Kadınların yaptığı ev işleri erkeklere genellikle kolay ve önemsiz gelir. Kadınlar küçük gibi görünen pek çok işi yaparak aslında büyük iş yaparlar. Eşinin yaptığı işleri önemsemezlik etme. Yaptığı işleri takdir et, ihtiyacı olduğunda ona yardım et.

Senin on beş dakikada yediğin yemeği yapmak için kadın

kaç saat uğraşır. Her yemekten sonra ona teşekkür etmeyi, ellerine sağlık demeyi sakın unutma. Sadece yemek değil, bir bardak su da getirse mutlaka teşekkür et. Teşekkür ettikten sonra onun yüzüne bak ve ne kadar mutlu olduğunu gör. Onun bütün yorgunluğu senin teşekkürünle uçar gider. Sen teşekkür ettikçe o yaptığı işleri seve seve gönüllü yapar. O zaman üreteceği sevgi elektriği yaptığı yemeye, demlediği çaya, getirdiği bir bardak suya lezzet ve şifa olarak geçer.

Teşekkürünü sadece sözlerinle yapma, davranışlarınla da göster. Arada onu dışarıda yemeğe götür, çok mutlu olur. Kadınlar dışarıda yemek yemeyi severler. Bunun birkaç sebebi vardır. Sürekli kendi yaptıkları yemekleri yemekten bıkarlar. Ayrıca kadınlar romantizmi severler ve dışarıda eşiyle yemeğe gitmek kadına her zaman romantik bir davranış olarak gelir.

Yalnız şunu da unutma ki kadınlar için küçük şeyler, incelikler çok önemlidir. Onu yemeğe götürüp sonra da etrafı seyredersen kadının mutluluğunu gölgelemiş olursun. Yemek boyunca onun gözlerine bakarak konuş, arada elerine dokun. Sevgini hissettir.

Arada kavgalarınız olacaktır. Fakat ne olursa olsun karına kin tutma. Affedici ol.

Ona her zaman güzel sözlerle hitap et. Ona iltifat edecek fırsatları kaçırma. Sen takdir ettiğin sürece o daha çok yapacaktır.

Kadınlar için konuşmak çok önemlidir. Kadınlar yaşadıklarını, üzüntülerini, sevinçlerini paylaşmayı severler. Erkekler bu durumu çoğu zaman boş konuşma ya da yakınma zannederler, sinirlenirler. Oysa kadın için konuşmak, paylaşmaktır, sevgidir. Sen kadının susmasından kork. Bu tehlike alametidir.

Onun çok önemsediği şeyleri sen de önemse, sevgi böyle belli olur. Kadın için düşünmek, düşünülmek sevgidir. Onu düşündüğünü belli et. Gün içinde iş yerinden ara, halini hatırını sor. Arada sevgi mesajları gönder. Hastaysa ondan iş güç bekleme. Bu kadına hakaret gibi gelir. O kalkıp yapmak istese bile sen fırsat verme. O zaman işleri sen üstlen, sen ona hizmet et. Onu biraz nazla. Değerli olduğunu hissettir. Kadın için değerli olduğunu hissetmek çok önemlidir.

Kulağına her zaman güzel sözler fısılda. Sevgi kulakta başlar, kulakta biter. Ona sık sık iltifat et. Yalnız dikkat et, iltifat ediyorum zannederken hakaret etme, kalbini kırma. Erkekler bazen böyle hatalara düşerler. Kadınlar aptal değildir, durup dururken surat asmazlar. Konuşurken karının yüzü asılırsa, en son söylediğin sözleri bir gözden geçir ve nerde hata yaptınsa karının gönlünü al.

Mesela birkaç gün bir yere gitti. Döndüğünde "Meğer sensizlik ne kadar zormuş; soğuk yemek yemekten bıktım, mutfakta bulaşık, banyoda çamaşır yığıldı, ütülü kıyafetim kalmadı, bir daha beni bırakıp bir yere gitme." gibi evin temizlikçisine yapılabilecek iltifatları karına yapma. Söylediklerin gerçek olabilir ama her gerçeği söylemek zorunda değilsin. Sadece, onu çok özlediğini söylemen iltifat olarak ona yeter.

Karına sık sık sarıl, ellerini tutup gözlerine bak. Fakat bunun hemen arkasına onu yatağa atmaya çalışma. Sonra karın senden uzak durmaya başlar, elini bile zor tutarsın. Kadın toprak gibidir dedim ya, kadının cinselliği de toprağın altında gömülü gizli hazinedir. Ortaya çıkarmak için uğraşmalısın. Küreğin güzel söz, emeğin sabır olsun.

Cinsellik birlikte yenen yemek gibidir. Hızlı yersen de karnın doyar ama lezzetini alamazsın. Yavaş yavaş, tadını çıkara çıkara yemek gerekir.

Kadınlar kurnazdır, arada erkeklerin ağzını ararlar. O tuzaklara düşme. Mesela "Ben ölsem ne olacak, senin gibi erkeğin peşine düşen yüz tane güzel kadın olur." gibi bir cümle kurarsa "Bana iltifat ediyor" diye sevinme. Aslında sevgini ölçüyor. "Allah korusun, ben sensiz nasıl yaşarım? Yüz değil, yüz bin kadına değişmem seni." diye bir cümle kurarsan sınavı başarıyla geçmiş olursun. Yanlış cevap verirsen, konuşuyorduk, hiçbir şey yokken bu kadın niye surat asmaya başladı, diye boş yere düşünürsün.

Kadınlar bazen fazla duygusal olurlar, mantıksız davranışlarda bulunabilirler. O zaman üstüne gitme. Sakinleşmesini bekle, onunla çok tartışmaya girme ki sana olan saygısını yitirmesin.

Allah ailede idarecilik görevini erkeklere vermiştir, bu önemli bir sorumluluktur. İdarecilik bağırarak, çağırarak, surat asılarak yapılmaz. İyi bir idareci olmalısın, yuvanı sevgi ve saygı içinde yönetmelisin. Bunun için de gerekli bilgileri edinmelisin.

Senin yuvanda mutluluğun için kadınların konuşma dilini anlatan "Bükçe" diye bir de hikâye yazdım. Onu da oku iyice öğren. Dünyadaki en büyük zenginlik insanın evindeki sevgi ve huzurdur. Dilerim yuvandan sevgi ve huzur hiç eksik olmasın. Her zaman iyi ol. İyiliği en çok hak eden de hayat arkadaşındır. (Tabi önce annendir, beni unutma, ikimizi iyi idare et, birbirimize düşman etme.) İyilik yapan hiç kaybetmez, sen hep iyi ol oğlum.

Bugüne kadar evlilik konusunda çok şey yazılıp çizildi.

Kimi "kutsaldır" diye evliliği göklere çıkardı.

Kimi "aşkı öldürüyor" diye yerden yere vurdu.

Kimi de "bol bol öğüt" verdi.

Sema Maraşlı yaşanmış olaylardan yola çıkarak yazdığı hikâyelerde pek çok kişinin kendinden bir parça bulmasını temenni etmiş.

Yazılanlar; sorunlarıyla, çözümleriyle evlilikte mutluluk sanatına katkıda bulunacak hikâyeler olmuş.

Kitaptaki hikâyelerde maddî sıkıntılar, fedakârlıklar, büyük olaylar yok.

Yangının hikâyesi değil, yangına sebep olan kıvılcımın hikâyesi var. Gülün hikâyesi değil, gülü yeşerten suyun hikâyesi var.

Sema Maraşlı'nın akıcı üslubu ile yazılan hikâyeleri çok seveceğinize eminiz.

sema
maraşlı
Eşim
Aşkım
Olsun
2.
Hayat

sema
maraşlı
Evlendikten Sonra da
Muhabbet
Olsun
10.
Hayat

sema maraşlı
Yuvanız İçin Mutluluk Reçetesi
Sevmek Bu Kadar Güzelken
2. BASKI
Hayat
Sevmek Bu Kadar Güzelken
sema maraşlı

sema
maraşlı
Gelin-Kaynana İlişkilerini
Tatlıya
Bağlayalım
3. BASKI
Hayat

Değerli Okurumuz,

İş dünyası, kişisel gelişim, yönetim, başarı-motivasyon, üretim, pazarlama, insan kaynakları, eğitim, edebiyat, tarih, maneviyat, sağlık ve çocuk konularıyla ilgili yayınlarımızı:

- Size en yakın kitapçınızdan alabilir,
- **www.hayatyayingrubu.com** adresimizde satış noktaları bölümündeki kitabevlerinden,
- 0212 612 60 90 - 0530 290 99 78 nolu telefondan sipariş edebilirsiniz.

Yayınlarımızla ilgili görüş ve düşüncelerinizi
http://www.hayatyayingrubu.com/iletisim.aspx,
hayat@hayatyayinlari.com,
twitter.com/hayatyayingrubu veya
facebook.com/hayatyayingrubu adresimize iletmeniz bizlere ışık tutacaktır.

Kitap ihtiyaçlarınızı **Hayat Yayın Grubu** ile temin edebilir, entelektüel birikimlerinizi bizimle paylaşarak hayata katabilirsiniz.

İlginize teşekkür ederiz.

Saygılarımızla,

Hayat Yayınları